さらば！　ＤＶモラハラ王子

〜実体験から学んだ幸せになるための心得〜

フーミン

まえがき

あなたは、今、パートナーがＤＶモラハラの為、悩んでいたり困っている状況ではないでしょうか？

もしかしてあなたは、気が優しくて人と争いたくなかったり、人からの誘いを断りずらかったり、勇気がなくて、つい言いたいことを我慢してしまう人ではありませんか？

この本はそんなあなたと似た『芙由美』（私）が地元で有名なマラソンランナーとの結婚と別れを経て「本当の自分」を手に入れるまでの壮絶人生逆転成功物語です。

私は毒親に育てられ、その結果、自己肯定感が低く自信のない人間になりました。そんな自分の人生を変えたくて22歳で結婚しましたが、夫もＤＶモラハラ人間でした。

激しい暴力とモラハラの世界でしたが、耐え、身も心も捧げる勢いで夫と婚家に尽くしました。

しかし、身体を壊し命の危険も感じるほどの暴力を受け、目が覚めました。

結婚して10年。苦労の末離婚しましたが、お金を全部取られた上、離婚後までお金を払わされることになってしまいました。

そんなどん底を味わったのですが、ある晩を境に、自己反省・自分改造しやがて奇跡のようなことが次々と起こりました。


この本を読むことで、あなたは知るでしょう。

「いくらいい人でもそれだけではだめ」ということを。納得していないのに周囲と争いたくなくて全てを受け入れることは、自分を傷つけることと同じ。そしてその結果、誰も幸せにならない。誰のことも幸せにできない。


では、どうしたらいいのか・・？　やり方があるんです。

それはおまじないや神頼みではありません。あなた自身が変わることで奇跡を起こすやり方です。

例えば自分と価値観や考えの違う相手に状況を理解し、受け入れてもらえるような言葉をあなたが発することができたなら・・。

相手も自分も傷つけることなく問題を解決することができたら、事態は良い方向にいき、やがて平和が訪れるでしょう。

それが『奇跡』であり、小さな奇跡が大きな奇跡を呼び起こします。

すでに方法は確立されており、全ての方に再現性がある手法です。そんな『魔法』のようなツールが世の中にあるんです。

でも、それを知らずにいたらあなたはただ、誰かのいいようにされてしまうだけです。

あなたは変わりたいと思っているはずです。だからこの本を手に取ったのだと思います。

まずはこの本をお読みいただき私の壮絶人生逆転成功物語をご堪能ください。

もくじ

第1章 毒親育ちからシンデレラへ

これは私と、私の人生を良くも悪くも左右することになった、ある男性と私が歩んできた20年以上にも及ぶ年月をしたためた、いわば自分史ともいえる私小説です。しかし、体験が過激すぎるので、多少事実や設定を変えるなど事実を抑えめに表現するよう脚色しました（盛った話は書いていません）。なにより昔のことゆえ多少記憶違いな部分もあるかもしれませんので、『自分史をベースにしたフィクション』ととらえて読んでいただけると有難いです。

まず、皆さまにお伝えしましょう。そもそも私の親は毒親でした。両親は共に自分本位で自分勝手。夫婦仲も悪く喧嘩三昧。父は酒におぼれ母を殴る日常でした。もしも、私が毒親の元に生まれなかったら、私の人生は全く違うものになっていたでしょう。

私には弟がいましたが、彼は優秀な自慢の息子でした。それに引き換え、私は頭も悪く、グズでのろまでもの静かでとりえのない娘でした。両親は、弟と比べ見劣りのする私を情けなく歯がゆく感じていました。日頃の夫婦喧嘩のストレスも交わり、感情を娘の私にぶつける日常でした。

『芙由美はなぜこんなことができないんだ。グズ・バカ・ダメな奴』

毎日毎日、否定的な言葉を浴びせ続けられると、子どもは自己肯定感が低く無気力、しかしそれなのに他人からはよく見られたい認められたいと、鬱屈《うっくつ》としつつも承認欲求の強いゆがんだ人格になってしまいます。自らを客観視することもできないので、両親の育て方が異常であるとわかりませんでした。私は心身共に傷つきながら、親が発する言葉の通りに出来上がっていきました。

子どもは、親が発する言葉通りに出来上がっていくものである。

そんな私ですが、22歳の時、ある男性に恋をしました。彼の名は須藤雄介さん。

彼は私が勤めているホームセンターの同僚でした。雄介さんは不愛想でプライドが高く協調性がなく寡黙。頭の回転が速く仕事のときだと、上司だろうと先輩だろうと抗議するなど強気で生意気な青年でした。しかし周囲からは好意的に見られていました。聞く所によると彼はマラソンランナー。大学時代は箱根駅伝のエース区間を走り大学を卒業後は超有名な会社に就職し、そこの実業団で大活躍した経歴。全盛期を過ぎたのでそこを退社。故郷に戻り私の勤めるホームセンターに再就職したばかりでした。

私たちが出会った時代はいわゆるバブル全盛期だったため、社内には陸上部やバドミントン部、弓道部といった同好会がありました。そして陸上部もお楽しみ会程度の成績に収まっていたのが、そこに雄介さんが入社したことで一変。

彼は数々の市民マラソンの大会に出ては、次々優勝を飾ったのです。ピークは過ぎたとはいえ、まだ20代後半。もともとは箱根駅伝のエース区間を走るほどの走者です。地方のマラソン大会くらいはたやすく優勝できました。

当時、マラソン大会は大々的にテレビで放送されることも多く、更に新聞にも大きく取り上げられ、どんどん注目が高まっていきました。

雄介さんはもちろん大会の本番で社名の入ったユニフォームを着ているわけです。それで優勝するものですから、我が社の名前は地元の人々に広く知ってもらえるようにもなりました。

すなわち、テレビCMや新聞広告を出すのと同じようなものです。会社からすると雄介さんが活躍すればするほど、莫大なメリットになると同時に経済効果も途方もなく凄まじいことになります。

彼の活躍のお陰で、陸上部は単なる同好会ではなくなったどころか、会社にとって大事なドル箱へ変わっていったのです。彼は『マラソン王子』と呼ばれ大切に扱われるようになりました。

『雄介は性格が悪くて負けず嫌い。しかし非常に努力家。それがいい。負けず嫌いで性格が悪いぐらいの方がスポーツマンとして成功する。いくら才能があっても優しい心の奴は勝てない』そういって、人々は彼を褒めそやしました。

強い自尊心に気位の高さや傲慢さ、そういった一見するとマイナスにしかならない気質がさせる努力とそれに裏打ちされた結果。その全てが彼を際立たせ、崇高なオーラを放ち……まさに『マラソン王子』の異名にふさわしい強さとルックスとを兼ね備えた青年であったのでした。

実業団上がりで成績抜群な若いマラソンランナーである雄介さんは、社内でも常に注目の的。特にレジ係の女の子たちは彼に憧れ、更衣室で彼の噂話に花を咲かせていたのです。

・カモシカのような足をしている（足が長くて美しいという誉め言葉）
・靴がいつもキレイ
・洋服のセンスがいい
・ズボンが常にビシッとアイロンがかかっている
・（大会で優勝した時）ヒーローインタビューの話し方が上手い
・親は有名企業の上役で実家はお金持ちらしい
・きっと彼は『三高』でしょう
・結婚するなら『三高』の人がいいね

女の子たちの会話の中に出てきた『三高』は、いわゆる『高学歴』『高収入』『高身長』という女子がこぞって群がるような要素を兼ね備えたハイスペック男子のことを指します。１９８０年代末のバブル景気全盛期には、この言葉が流行っていました。

雄介さんを本気で狙う女子は多かったです。いつも細かく彼を観察していたし、どこで仕入れたのか彼のプライベートな情報までもが拡散されていたので女子たちの熱量を感じました。その一方で私は、そんな様子を遠くから見つつ内心では『ふーん』と冷めたふうな感想を抱いていました。本当は関心がありました。しかし『彼は私には関係ない、私とは住む世界が違う』と思っていました。

もちろん恋をしたい気持ちはありましたが、誰でもいいわけでもありません。何よりとても強気でいつも周囲をいかくするような彼の性格は、私にとっては恐怖の対象だったのです。

ただでさえ、実家では常に両親の罵声におびえなければならないような生活を送っているのに、恋人と一緒にいるときまで同じ目に遭いたくはありませんでした。結婚願望も強かったのでなおさらに避けたいと感じるなど、私にとっての雄介さんは苦手意識の象徴かつ遠い存在でもあったのです。

しかし、社員旅行で私たちは親密になりました。社員旅行が終わったあと、スターのような彼と、地味な私がなぜか気が合いお付き合いする展開に。なぜ私たちは惹かれあったのでしょう？　それは『ネガティブ同士だった』からなのでしょう。

その時は気が付かなかったけれど、雄介さんは実は非常にネガティブな思考の持ち主でした。私たちはネガティブだったからこそ波長があい付き合った。雄介さんとの交際は避けて通れない道でした。

付き合っているうちに彼の好みの女性が『物静かで真面目、従順。外見は痩せているほうがいい』といったものであることに気がついた私。それはまさに、私そのものであるようにも思えました。しかしあくまで表面上そう見える部分も大きく、根っからの雄介さん好みの女性かどうか自信が持てませんでした。

その頃にはもう、すっかりと彼に入れ込んでいた私は、常に人形のように大人しくすることですまし顔の女性を演じるようになったのです。

その涼やかなたたずまいとは裏腹に、水面下ではいつも『彼に気に入られたい』と必死になっていました。時には自分の気持ちすら押し殺し、雄介さんの言うことに盲目的に従うなど精一杯に尽くす日々を過ごします。

雄介さんなしでは生きていけないくらい彼を深く愛していたので、とにかく結婚したい気持ちもより強くなっていました。もちろん、

「結婚すれば家から出られる」
「経済的にも豊かになりたい」
「結婚相手に自分を守ってもらいたい」

という他力本願な打算もあったのですが……。それに加えて雄介さんのハイスペックさ

に目をつけ、自分のステータスシンボルにしようという気持ちも全くなかったとは言えないことでしょう。

盲目的な恋愛であったとはいえ、私は本気で彼のことが好きだったのです。

彼自身もまた、私に夢中になったみたいでプレゼントや花束を贈ってくれたり美味しいものを食べさせてくれたり、旅行に連れていってくれたり……献身的に尽くしてきたので、私はすっかりのぼせ上がっていきました。

仕事のときだと寡黙で、他人に厳しいのは相変わらずでしたが、私には優しく穏やかな喋り口調で丁寧に接してくれていたのもそれを増長させてしまいます。

だから『雄介さんにとって私は特別。彼は他の人には冷たくても私にだけはどんなときでも優しい』と安心し、特別扱いされ浮足立っていました。

今考えると、甘かったなと思います。現実問題、交際したての頃は新鮮なのでちやほやするけど、どんな男女も交際期間が長くなれば慣れと飽きがくるもの。そして扱いが雑になる。

釣った魚に餌をやらない。

もし彼の恋愛感情が鎮まり冷静さを取り戻したらどうなるか……。

おそらく彼が今、周囲の人にやっているのと同じ扱いをされ、大声でいかくされたり、横暴な態度を取られ屈辱的な目に合わされる、ということは予見できたわけです。

でも、当時の私はのぼせあがっていたので、そんな未来まで考えることはできませんでした。当時の私に会えるとしたら「そいつは鬼だよ、人生をダメにされるぞ！」と忠告することでしょう。それを昔の私が聞くかどうかは何とも言えないですが……。


とはいえ、今になって考えると雄介さんは雄介さんで打算があったのではと思えるのです。『真面目で従順な女性』を求めているということは、言葉を変えれば『自分に絶対服従し、都合のいいように尽くしてくれる女性』が欲しいと言っているのと同義。

ですから、雄介さんは私のそういった性格が大事でそれ以外のところに価値を見出していなかったのではないのでしょうか。結局お互いに打算婚をしていたのかもしれませんね。

他力本願の打算婚はハッピーエンドにならない。

そうして何度かデートを繰り返したのち、海辺を2人で歩くというロマンチックなシチュエーションでとうとう、プロポーズをされたのでした。

「私はついに幸せを掴んだ!!」

と幸福感で胸が一杯になり、きっと頬も赤らんでいたことでしょう。これから地獄が待っていると知らず、私は幸せの絶頂にいると心の底から思い込んでいました。

雄介さんとの結婚が決まった私。すると周囲の人々は急に私をチヤホヤし始めたのでした。何せ彼は会社の宝物も同然だったために、その婚約者になった私に何か粗相をした結果、雄介さんの機嫌を損ねたらと考えて丁重に丁重にと扱うようにしたわけです。

彼が生み出してくれる利益は言うまでもなく、雄介さん目当ての入社希望者も殺到し、陸上部にも精鋭がどんどん集まって、層も厚くなっていきます。そのお陰で会社はますます有名になっていく……というトントン拍子に事が運んでいるところでした。

その立役者である雄介さんは「出世街道間違いなし」と周囲の人たちから太鼓判を押されている状況。新入社員の研修では講師として招かれると、「継続は力なり」という講演のテーマを掲げて新人の前で堂々と語る姿を見せたのです。

そんな素晴らしい人とこんな私が結婚を控えているというのは、まさしくシンデレラストーリーそのものでした。そのような彼と結婚できる私を周囲の女子は羨んできます。

もちろんそんな環境の変化は私の仕事にも影響を及ぼしました。

我が社は従業員1000人程のそこそこ大きい会社で、数十店舗あるうちの一つのお店に勤務しているレジ係の社員が社長と直接話をするなんて考えられなかったのです。

私自身も、社長どころか上層部の人と直接話をしたこともありませんし、まずそれ以前に存在そのものを覚えられてもいなかったでしょう。

それなのに雄介さんとの結婚が決まった途端、社長や上層部の人から「雄介くん、昨日の試合、良かったね。おめでとう」ととても気さくに声をかけられるようになりました。

これまでは誰からも相手にされなかった存在感のない私が、ビッグな人たちに顔と名前を覚えられただけではなく、親しげに呼びかけられるまで社内での知名度が高くなったのです。しまいには私におべっかを使う人すらも現れたのでした。

「芙由美ちゃんが陰で支えてくれるから王子が大活躍できるんだよ！」

「芙由美ちゃんは雄介くんだけの勝利の女神だ」

そんなの、皆の勘違いですよ……今の自分ならそうとしか思えませんが、「玉の輿だね」「シンデレラみたいね」などといったような調子で持てはやされ、勘違い女だった私はどんどん傲慢になっていったのです。

あの頃の私は、自らの能力などゼロなのに、愛の力だけでのしあがろうとする他力本願野郎で、チヤホヤされたいがために調子に乗ってしまった、恥ずかしい勘違い女でもありました。だというのにそんな客観的事実にも気づくことなく、この幸福に酔いしれながら日々を過ごしていたのです。

……こうやって思い返してみると確かに、大半の人は『玉の輿』とそれが私自身の功績であるかのように誉めそやしてばかりいました。しかし同じお店でレジチーフだった女性だけは「彼はやめときな、人柄が悪い」と忠告をしてくれていたのです。

彼女は何より精神性を重んじる人で、「相手を大切にする心はその仕草や行動に表れる。もしも自分が人を大事にしていないなら、それは必ず態度ににじみ出る」という持論を私にも語っていたほどでした。

彼女が雄介さんの人柄を酷評したように、彼もレジチーフのことを毛嫌いしていたようです。彼女を除く社員は誰もが雄介さんを甘やかしたり、いちいち顔色をうかがいながら接してくるのに、レジチーフだけは媚びないので面白くなかったみたいでした。

雄介さんは私とレジチーフのやりとりをどこかから知ったのか、「俺を取るかあの女を取るかどっちかにしろ」と詰め寄ってきたので、最終的に私は彼を取ったのでした。

あのとき自分の立場が危うくなる可能性もあったのに、わざわざアドバイスしてくれた彼女との交流を私は自ら絶ってしまったのです。

もし仮にここでレジチーフとの縁を切らなかったとしたら、私はこの後起こった数々の不幸な出来事の際も助言なり援助なりをしてもらえたかもしれません。

でも当時の私はそんなことなど知る由もありませんでした。それどころか全く平気な顔をしていたほどです。なぜなら雄介さんとの結婚が決まっていて、すっかりと気が大きくなっていたからです。彼女は確かにとてもいい人ではあるけれども、私の人生からいなくなったところでどうってことないなどと本気で思っていました。

そしてその数ヶ月後には誰もがうらやむ豪華な披露宴が執り行われ、22歳の私は最高に美しい花嫁となって、大勢の人からの祝福を受けたのです。

私は雄介さんの妻の座を手に入れられたと人生の絶頂、いやその上り坂に差しかかったところだと信じ舞い上がっていました。

そう遠くない未来、地獄まで叩き落とされるとも知らずに……。

相手を大切にする心はその仕草や行動に表れる。もしも自分が人を大事にしていないなら、それは必ず態度ににじみ出る。

第2章　地獄の結婚生活

いざ結婚してみると、私の想像とは全然違っていました。玉の輿どころか婚家は多額のローン借金を抱える自分本位な守銭奴家族だったのです。私が結婚して体験したことは、人としての尊厳を踏みにじられるような苦い思い出ばかりです。

・親と同居し、生活費を毎月10万、家に入れさせられた
・婚家の家のローン２００万円を肩代わりさせられた
・大人４人分に食費１万円だけ
・生理の日を姑に報告しなさいと命令された
・仕事が休みの日は家政婦同様にこき使われた
・会社の備品を盗ってきてと姑に命じられた
・夫に交通費の不正受給を強要された

なぜ、こんなめちゃくちゃなことに異論を唱えなかったのか？　と思われるかもしれません。けれど、当時の私は『嫁』であり家の中で一番低い階級でした。実母からも、そして婚家からも『嫁は波風立てるな』と洗脳されていましたので、理不尽な扱いをされて悔しくても我慢するしかないと思い込んでいました。とはいえ、私がそんな状況に耐えられたのは時折感じる夫と姑の思いやりのある温かさにほだされたからでした。

『毎月10万円ありがとう。このお金、無駄にしないで大切に使わせてもらっているよ。あのね、これは雄介にも秘密のことなので誰にも言わないでほしいんだけど、実はね、新しく通帳を作ったんだよ。私はね、あんたたちの為に毎月コツコツ貯金しているんだよ。お金が貯まったらその通帳をあげるからね、あんたは私の娘も同然だよ』

姑にそう告げられて私は感動しました。『お金にがめつくて心が汚い人だと思っていたけど、本当はいい人だったんだ。こんなにも私たちのことを思ってくれて・・このご恩は一生忘れない！』と思いました。

しかし、何年経っても通帳をもらうことはなかったので通帳云々は嘘だったのかな？と疑い出しました。

姑は『自分は地元でトップクラスの●●高校を卒業した』と豪語していましたが、農業高校からの同窓会のお知らせがポストに入っていたことで、私は彼女の虚言癖に気付きました。

そして私に『会社の備品をとってきて』と命じたことが決定打となり『姑は良い人そうな顔をしているだけなんだ、私を信じ込ませて利用したいだけなんだ。私が本当の娘だったらそんなこと言うはずない。私はだまされたんだ』と悟りました。私は姑を信用することをやめて心の中で彼女と決別しました。

今ならわかります。美しい言葉を並べ立て周囲を信用させる人は、心も美しいとは限らない。誠実そうな言葉を並べ立て人をだます人もいる。常に冷静な目で人を見る力を養っていかないと本質を見抜くことはできないのだと。

今考えると雄介さんと彼の弟も、同じような傾向にありました。恐らく彼らは母親から人をあざむき言葉を悪用する方法を受け継いでしまったのでしょう。家庭教育の力は大きい。子どもは親の生き方や言葉使いを見聞きして育つものです
そして私は夫の暴力とモラハラ行為にも苦しめられました。そのエピソードを一つご紹介しましょう。

結婚してほどなくの出来事です。雄介さんがとあるマラソン大会で優勝し、中国で開催される大会に招待されたことがありました。

彼はこれまでにもたくさんの大会で優勝という名の栄光を掴んできてはいましたが、国

外の大会に招かれるのは初めてだったので、せっかくだから私も一緒に行かせてもらうことになったのです。

姑もまた大層喜んで「これを持っていきな。とても高価なものだから大切に飲むように」と言って出発前にプロポリスの小瓶を渡してくれました。今思うと大会前に普段は使っていない栄養剤を飲み、その結果腹痛を起こしてしまったらどうなったのだろうと若干考えなくもないですが、その頃の私はそんな想像に思い至ることなく、素直にお礼を述べて頂戴すると、スーツケースの中に大切に仕舞い込んだのです。

ところが、そのプロポリスの液体がしっかりと蓋ができていなかったのか真相は定かではありませんが、スーツケースの中でこぼれてしまい、あろうことか雄介さんの大事なユニフォームが赤褐色に染まってしまう事件が起きてしまいました。

「いけない！」

そのことに気づいた私は、慌てふためきつつもホテルの洗面所で洗濯をし始めます。

雄介さんが私に向かって「ちょっと待て！　大会は明日だぞ！」と叫びましたが、彼の制止は間に合わずユニフォームはびしょ濡れになってしまいました。

そんなひどい有様になった自分のユニフォームを見た雄介さんはみるみるうちに紅潮し、

怒りに満ちた表情を浮かべて私に近寄ってきたのです。

「何をやってるんだ、バカ野郎！」

そう言いながら彼はあふれ出す激情に身を任せ、私のことをめちゃくちゃに殴ってきました。父親から暴力を受けていたとはいっても、防御したり避けたりするのが上手くなるわけではありません。恐怖を感じるだけの間もなく、私はただ一方的にやられるしかなかったのです。

殴られた瞬間、私の左耳には激痛が走り、すぐに聴こえ方の違和感と耳鳴りが襲いかかってきました。痛みと殴られたショックと今まで感じたことのない異様さであっという間に私はパニックになってしまって、大声で泣き叫んだのです。すると、その声を耳にした雄介さんはますます激昂し、

「うるせえ、黙れ！　黙れっていうのが分からねえのかよ！」

と再びの暴力という形でその高まる感情を爆発させたのでした。……それが終わるまでにどれくらいの時間がかかったか、私に知るだけの余裕はもちろんありません。ただ雄介さんが殴り疲れるまで延々と続いたことは確かです。しかも彼は、

「お前が悪いんだからな。取り返しのつかないことをした罰だ！」

「本当は殴りたいわけじゃないんだ。なのに、殴らせるようなまねをしたお前が悪い」

と一切悪びれることすらありません。もちろんそれが通用するなら警察はいりませんし、自分のしたことを人に責任転嫁するような人間は最低です。ですが私自身が彼のモラハラとDVを許し、甘えさせたことがそれを助長させてしまったのも事実でした。話が通じないのなら、せめて彼を見捨てるべきだったのです。

しかし、私は私で彼の態度に怒鳴り返すどころではなく、めちゃくちゃに殴られた精神的ショックと痛み、違和感と耳鳴りがどちらともまだ残っていることから、もしかしたら耳が聴こえなくなるんじゃないかという恐怖に支配されてしまい、いつまでもいつまでも泣いていました。

トップランナー＝人格者、とは限らない。

実家にいた頃も父に殴られていた私ですが、サンドバックを相手にしているかのようにあんなにめちゃくちゃに殴られたことは一度もなかったのです。雄介さんにこれまで暴力を受けたりしてこなかったので、まさかこんなことになると思わず、気持ちの整理ができないところもあったかもしれません。

しかし、時間が経つにつれて彼も平静を取り戻してくると、自分がしでかしたことがあまりにも重大な事態だと気づいて、ワナワナ震えながら私に近寄ってきました。

「ごめん！　本当にごめん！」

彼は心から申し訳ないと思っているように見える顔で私にそう謝るのです。

「ごめん、痛かったろう。さっきまでの俺はどうかしてた」

「約束する。もう二度と殴ったりしない」

「本当だ、神に誓う！」

そんなふうに言い募りながら、私に謝罪および暴力を封印する約束をしてくれました。

なので私は雄介さんのその言葉を信じ、殴られたことを許したのです。


今までずっとしてこなかったのだから、旅先かつ大会を目前に控えているこのタイミングが雄介さんをいつも以上にピリピリさせてしまっただけで、もう二度とやらないに違いない……と信じたい気持ちが私の中にあったのかもしれません。客観的に見ればどうして許せるんだと思えてしまうような状況でも、当事者には見えないものがあるのです。

「本当にごめん。許してくれてありがとな。これからは大事にするから」

そう言ってさっきまで暴力を振るっていたはずの彼は、私を優しく抱きしめてくれたのでした。私は今までろくに男性に相手にされてこなかったので、お姫様のように大切に扱われるとそれが嬉しくてしょうがなくなり、またそうされることで『雄介さんに愛されている』とも感じてしまったのでした。

生まれて初めて人に大切に扱われていると思えて、幸せで胸が一杯になるというわけです。正常な家庭環境で真っ当な両親に育てられた人には私のこの感覚はきっと理解できないことでしょう。

ただ、ネットで検索をしてみても『DV男は暴力の後に優しくなる』というパターンがあるようなので、案外私と同じように愛情を感じてしまう女性も多いかもしれません。

DV男は暴力の後に優しくなる。

姑がわざと瓶の蓋を緩めるメリットがあるとは思えないので偶然そうなってしまっていたのでしょうし、スーツケース内に入れる際に確認しなかったことや咄嗟に洗濯をし始めてしまったことは私の落ち度だったのかもしれない、とそんなふうに思ってしまったのもあって、殴られたことを許した私。

雄介さんは宣言通り、中国にいる間ずっと私をお姫様のように扱って、優しく大切にしてくれました。それにユニフォームも翌日にはすっかり乾いて、赤褐色の染みも薄くなったため、何の問題もなく着られてホッと胸を撫で下ろしたことをよく覚えています。ちなみに大会の結果も優勝し、「終わりよければすべてよし！」と言いたくなるような形で、中国旅行は何とか幕を閉じました。

帰国後はすぐさま病院に行きました。すると、

・鼓膜にはヒビが入ってしまっている

・しかしながら、自然に穴が閉じて再生されるため、心配はいらない

という診断結果だったので本当にホッとしました。

ここで私は最大のミスを犯してしまいました。夫をかばいたいがために、医者に耳を痛めた経緯を伝えなかったのです。そして、それは診断書をもらわない選択をしてしまったことでもありました。

本当なら医者から診断書をもらうべきだったのです。それに国外にいたという事情があ

ったとはいえ、怪我をしたのにすぐ病院に行かなかったことも良くはありませんでした。なぜなら生物の自然治癒力は案外舐められないもので、日を追うとだんだん怪我は治っていくものだからです。なので病院に行くのが遅くなると元々の怪我がどういう状態だったのか、証明することができなくなってしまうのです。

診断書とはその後の自分を助けてくれるものです。そして、それを手に入れることができるのはごく短い期間だけと、そのときにしかできない行動があることを常に肝に銘じておかなければなりません。

夫に殴られて怪我したら、どんなに愛していてもすぐに医者から診断書をもらうこと。

今なら分かる、私と雄介さんは『共依存』をしてしまっていたのだと……。

これはお互いに過剰な依存状態にあることを指します。また相手との関係に自らの価値を見出してしまうため、危険な状況に陥ってしまう可能性もあるのだとか。

確かに、私は結果的に取り返しのつかない怪我を負わずに済んでよかったですが、もしかしたら重大な後遺症を残す怪我をしてしまったり、最悪死んでしまっていたかもしれないと思えます。

私は実際に雄介さんに依存をしてしまっていた。そして雄介さんもまたああいう手段ではありましたが私に甘え、支配しようとすることで私に依存していたのでしょう。しかも、その年月が長くなればなるほど徐々に洗脳されて、正しい認識からも遠ざかってしまうのです。

『約束する。もう二度と殴ったりしない。本当だ、神に誓う！』とあの時、彼は神に誓ったはずだけど、彼の暴力癖は治らず、結局、結婚期間中ずっとそれは続きました。

……人間は誰かに殴られると星が見えるのだということは、何かしらの形で暴力を受けた被害者にならないと分からないでしょう。往年の漫画みたいな話ですが、実際にそういった経験をした私にはそれが真実であることがはっきりと理解できるのです。

ああ、すぐに私は殴られるのだと思い恐怖で目を瞑《つむ》ると、激しい痛みが来るのと同時に真っ暗な視界の中でもチカチカと線香花火に似た星が瞬く瞬間が見えました。

鼓膜は繰り返し破られましたし、ときには顔の大きさが変わるくらいひどく腫れ上がり、指の感覚がなくなるだけでも恐ろしいのに、腕が上がらなくなることも経験したのです。

そうすると、一体何が異常で何が普通なのかまるで分からなくなってしまいました。

現代では『人を殴る』事は間違っている事だ、という常識があります。

しかしながら当時はそんな概念など存在しませんでした。『男が女を殴るのは当たり前でどこの家庭でも同じようなことをしている』という風潮で、姑に雄介さんから暴力を受けていることを伝えたりもしましたが、「暴力を振るわれるようなことをあんたがするからだろ」というもので全く助けてくれませんでした。

嫁よりも、腹を痛めて産んだ息子をかばうのは当然といえば当然かもしれません。

元々実家でも父が私と母を殴ってもいましたし、まともな夫婦像をみてこなかったせいで、私は深く洗脳されて『自分は女だから暴力を受けても仕方がない』と思うようになってしまったのでした。

『愛は傷つけない』これは２００８年にノーラ・コーリさんが書いたＤＶ・モラハラ・熟年離婚―自立に向けての書籍の題名です。私は読んでいませんが、おそらく後述と題名を見て、私は『大切な新車に対する気持ち』を想像しました。

例えば、大切にしている新車を自分がイライラしている時に、欲求不満のはけ口として殴ったり、蹴ったりものをぶつけてへこませ、損傷を与えるでしょうか？　そんなことはしないはずです。どんな理由があっても何があっても傷つけたりしません。

いつも大切に扱い、洗車をこまめに行い、傷がつかないように見守っているはずです。もし、不運にも事故に遭い車が傷ついたとしたら、悲しみで落ち込むでしょう。たとえ、修理工場に出して傷は直っても、それは表面的なものだけで、車は目に見えないダメージを負ってしまうことを潜在的に感じるはずです。

それなのに、どうして人に対しては殴れるのでしょうか？　殴ったとしても痛みは消えるし傷は治る、と軽く考えているの？　車だって、『一度傷ついたら目に見えないダメージを追ってしまう』と感じるのに。

どうして殴って平気なのでしょう。答えは簡単です。殴っても自分は痛くないから。どうして殴る自分を許してしまうのでしょう。本当は愛していないから。愛していたら車にすら傷一つつけないはず。本当に愛しているなら殴ったりしません。

愛は傷つけない　‥　ノーラ・コーリによる本の題名

雄介さんは暴力と同様、モラハラな言葉を投げつけ、私を人間として扱わないばかりか自分の欲求不満のはけ口にしていたのです。たとえばこんなことがありました。

当時、陸上部には彼を慕って全国から陸上の精鋭たちが集まっていました。雄介さんは後輩たちを可愛がっていましたが、彼らが結婚し、お子さんが生まれると雄介さんは後輩たちに嫉妬するようになっていきました。

そしてそれを、私にぶつけるようになったのです。

「くそっ、後輩のくせに、なんで俺よりも先に子どもができるんだよ！」

「あいつは大して走りも良くないし、仕事もろくにできないダメ人間なんだ。なのに、どうして俺より先に子どもができるんだ」

「世の中にこんな理不尽なことってあるか」

といった感じで寝る前にぐちぐちネチネチと不満を口にし続けるのです。

私は寝る前に半年1年と1日も休むことなく毎晩毎晩、愚痴の相手をさせられました。もちろん、彼の妻である私も決して他人事ではないのですが、陸上部や職場で関わる間柄だから、余計に呪いたくなるくらい苦痛に感じてしまうのだと思うと、同情する気持ちもあり、長く我慢していたのです。

とはいえそろそろ我慢の限界ではありました。なのでついに私は、「愚痴のせいで安眠できない。聞き苦しいからやめてほしい」と彼にお願いをしたのです。しかしそんな私に雄介さんはこんなふうに言うのでした。

「愚痴を言って何が悪い、それを受け止めるのも女房の役目だろ」

「愚痴を言うことで俺は自制しているんだ。だから、お前さえ我慢をして言うことを聞いていれば、俺はそれで気が済んで外で言わなくなる」

私は他人に愚痴を吐かれるとそれはもう最低な気分になります。妻だからと言って、自分に関係ない愚痴を聞かされる側に甘んじなければならない理屈もありません。

雄介さんは私の気持ちなどお構いなしで、私が愚痴を言われて、どんな気分になろうと一切関係ないのです。結局自分さえ良ければそれでいいと言っているのも同然です。

雄介さん本人は精神の毒を吐き出せばそれはもう、すっきりとすることでしょう。ですが私はただゴミ箱代わりにされているのを思い知らされ、心の奥底から怒りと悔しさが一気に込み上げてきました。なのにこの状況を改善することも抵抗することもできないのです。己の弱さが情けなくて仕方がありませんでした。

そんなふうに嘆いている妻の思いにも気づかずに、雄介さんは嫉妬を超えて、怨念に近い気持ちを抱いていたのです。

彼は子どものことが大好きで、『男の子の父親になる』のが大きな夢でした。私もどうにかして雄介さんの夢を叶えたいと思っていましたが、私たちにはコウノトリがやってきませんでした。

日に日に雄介さんの心は荒んでいき、刃物も同然に鋭くなっていきました。前からその傾向はありましたが、より些細なことにも腹を立てては感情を抑えることができなくなって、ほんのちょっとでも私と彼の意見が合わないようなら容赦なく私に拳を振り上げる鬼と化したのです。

私はゴミ箱どころかサンドバックのようになってしまいました。愚痴を言って欲求不満を解消しているはずなのに、雄介さんのネガティブは収まることはなく愚痴を吐かれ続けていた私の心も身体も疲弊してしまいました。

雄介さんの愚痴を聞いてあげても問題を根本から解決してあげることもできず、私のメンタルも弱り、何も良い事はありません。

ここまで苦しく生きづらい状態は常軌を逸しており、ひょっとしたら雄介さんは自己愛性パーソナリティ障害だったのかもしれません。自己愛性パーソナリティ障害の人は、子どもの頃から向上心が高く、人から凄いと思われることで、承認欲求を満たし、人間関係を構築します。相手が自分の思う通りにしないと、冷酷な態度を取ったり、恋人を支配下に置いて、奴隷やアクセサリーのように扱ったりします。人の気持ちを想像することが難しい為、対人関係で困難さが生じます。

あの頃は、自己愛性パーソナリティ障害を知りませんでしたが、彼が自分の歪んだ性格を自覚し良いカウンセラーに巡り合っていたら違っていたかもしれません。今となっては彼が精神疾患だったのかどうか確かめようもありません。

愚痴ばかり吐いても解決しないし聞く相手もダメにする。正しい解決方法を探して対処しよう。

とにかく、雄介さんは、自分の思いとおりに事が進まないと私に八つ当たりをして『グズ・バカ・ノロマ・嫁のくせに逆らうな。お前なんか一生口を利くな』などと日常的に強いワードで私に当たり散らしていました。『グズ・バカ・ダメな奴』である私は、じっと我慢の服従生活をするしかありませんでした。

それは実家にいたときの再来のようでした。場所と相手が変わっただけで、私の人生はずっと、自分の尊厳を踏みにじられて過ぎていきました。元々ネガティブであった私ですが、奴隷服従生活は私を更にネガティブに変えさせ、雄介さんに負けず劣らずの嫉妬深い性格になっていきました。

私のネガティブエピソードを紹介しましょう。

雄介さんには克己くんという弟がいました。克己くんには恋人がいて、彼女の名前は桂子ちゃんと言いました。彼女は目がぱっちりとしていて、同性の私から見ても可愛らしいと感じられました。まるで菊池桃子ちゃん（※80年代のアイドル歌手・女優）のようでした。外見の魅力だけに留まらず、いつもニコニコ笑っていて、明るさと同時に柔らかさも感じられる口調は多くの人を惹きつけたりと、誰からも愛される女性でした。

例えば人に何か物をもらったときは、「嬉しい～！　これ欲しかったの、ほんとに嬉しい！　どうもありがとう！」という調子で大きく喜びの表現をし、そして、そんな桂子ちゃんを見た相手もつられるように嬉しくなっているのが分かりました。

その反面で私はといえば、陰気で喜怒哀楽が薄いし、表情も乏しく分かりにくい性格だったことでしょう。そんな私には、常に雄介さんも姑も物足りなさを感じていたようです。

それは事あるごとに私と桂子ちゃんを比較するという形で表れ、「桂子ちゃんみたいになれ」だとか「お前はなぜ桂子ちゃんのように明るく振舞えないのか」と言われるようになった私は彼女をねたみそねみ、ずっと打ち解けられませんでした。

そんなタイミングで姑が誕生日を迎えます。私は姑にプレゼントを贈るためにハンカチを用意しました。今となってはなぜハンカチを贈ったのかと我ながら首をひねるのですが、当時の私は自分なりに考え上品な刺繍のついたハンカチを姑の為に用意したのでした。しかし結果は『いらない』と言われてハンカチを突き返されました。

その一方で桂子ちゃんはグラタン皿をプレゼントしたようで、姑は「桂子ちゃんは私の欲しかったグラタン皿をプレゼントしてくれた。それに比べてあんたはハンカチ。ハンカチなんか山程持っているのにわざわざ誕生日プレゼントとして渡すだなんてあんたは全くセンスがない」とまた私と彼女を比べてけなしてきたのです。

今にして思えば私も自己中心的でした。「義母はどんな物を好むのだろう、一体今、何を欲しがっているのだろうか」と疑問を抱いて観察したり、調査したりなどもせずに、ただの独りよがりでハンカチなどというピントのズレた、まるで気の利かないプレゼントを贈ってしまったのですから。

それと逆に、桂子ちゃんが贈ったグラタン皿は姑の欲しがっていたものだったので彼女は大層喜んだわけです。桂子ちゃんはしっかりと相手の気持ちになってどう思っているのかくみ取ろうとしたのでしょう。姑の様子を観察したり、話の内容をキャッチしたから、姑の好みも今それが欲しいことも理解できたわけです。もちろん姑に限らず、周囲の人の気持ちにいつも寄り添える人柄であるがゆえに彼女は誰からも愛されていた。今の私なら、素直にそう、うなずけるのです。

その後、桂子ちゃんに赤ちゃんができて克己くんと結婚しました。

（私が先に結婚したのに……）

などというねたましさで心が埋め尽くされました。おめでたい出来事だということは理解しています。ですが私は悔しさでつい涙があふれてしまいました。

桂子ちゃんはしばらくすると無事に女児を出産し、その数年後には双子の男児も産むことになりました。孫の誕生を喜び、舅も姑も孫にばかり気持ちを傾けました。子どものいない私は存在価値がないもののように扱われ、寂しくてなりませんでした。

桂子ちゃんは周囲の人たちから愛されているだけではありませんでした。夫婦仲も良くて、子どもにも恵まれ順風満帆な人生を過ごしているのがいやおうなしに分かります。そんな彼女に私は嫉妬し、それ以降は克己くんら一家と距離を置くようにもなりました。

当時は若かったし、精神的に未熟でしたが、あのときもし桂子ちゃんに壁を作らず、もっと心を砕いておしゃべりできていたらいい方向に変わっていたはずだと思わずにはいられません。

もしも出会いが違っていたら、姑や雄介さんに彼女と比べられたとしても、『自分にもいいところはある。無理に変わる必要なんてない。自分は自分らしくあればいいのだ』と思えていたなら……私は桂子ちゃんと仲良くなることができたのかもしれません。

人と比べられてみじめになった時は、自分のいいところを思い出し『自分は自分らしくあればそれでいいんだよ』と自分を励まそう。

気づけば結婚して1年以上が経つというのに、私たちには子どもができませんでした。

「もう1年以上経つのに、まだ妊娠しない」

「長男の嫁なんだから子どもを産んでもらわなくちゃ困るんだ」

「あんたの身体のほうに欠陥があるんじゃないのかい？」

「昔はね、3年経っても子どもを産まない嫁なんか、離縁されても当然だったんだよ」

といったような調子で、私に非があると断定できているかのような物言いばかりです。

愛している人の子どもを産みたい気持ちも相まって、私はついに不妊治療をすると決意したのです。

自宅から片道で1時間半も車を走らせて、医大と提携している病院まで向かいました。不妊治療とはいきなり体外受精を試みるものだと思っていたのですが、実際には当然ながらそんなことはありませんでした。まず色々な検査を行うのです。

そうして基本検査を進めるうちに原因が判明してしまいました。私のほうには全く異常がなく、ただその一方で雄介さんの精子が少ない現実が……。

まず、一般的な成人男性の精子は大体1億匹くらいなのだそうです。ところが彼の総精子数は2000万匹くらいしかいなく、自然妊娠は到底不可能であるという非情な宣告を受けてしまいました。

もしこれが漫画の中で起こった出来事だったとしたら『ガーン！』なんてオノマトペが浮かんでいそうなほどの衝撃に私は呆然となりました。そしてこの辛い事実を雄介さんに言うか言わないかで今度は悩まされることになりました。けれど、こんなにも重要なことを黙っているわけにもいきません。

重苦しい気持ちを抱えつつ、私は医者に告げられた言葉をそのまま彼にも伝えました。するとさすがの雄介さんもショックを隠せないみたいで、みるみるうちにその顔が青ざめていきます。きっと彼の心の中は、まるで奈落へと突き落とされた鹿のように、恐怖と悲しみと絶望に覆いつくされていたことでしょう。もしかしたら本当は泣きたかったのかもしれません。

そんな雄介さんを見つめる私もまた泣きたい思いで一杯でした。

健常な成人男性より精子の数が相当少ないことは『乏精子症』と呼ばれていて、現在では男性不妊症もその原因に応じて薬物治療や手術などの対処が行われますが、当時（１９９０年代前半）だと結局彼は何のケアもされませんでした。

冷静になって考えるとかなり不用意な発言ではあるものの、私は雄介さんの身体を案じるあまりにオドオドしながらもこんなことを言いました。

「もしかしたら……走りすぎなんじゃない？　マラソンが原因で、精子の数が少ないんじゃや……」

「はあ!?　いい加減なことを言うな！　それじゃあ、お前は俺に『マラソンをやめろ』と言うのか！」

「いや、それはその……つまり……」

「もし、それでマラソンが関係なかったら、お前は俺にどうやって責任を取るつもりだ！　マラソンをやめれば子どもができるっていう証拠でもあるのかよ。証拠もないくせにいい加減なことを言うな！」

苛烈なまでの言い返しを受けて、雄介さんを説得できるほど私も強くは出られませんでした。


所属しているのは地方のホームセンターの陸上部。大企業の実業団とは環境も異なり、満足な練習時間を会社から与えられていません。仕事を終わらせた後走る月間走行距離は実業団選手並みの６００～７００キロ。

仕事と陸上の両立は、過酷そのもので心身ともに疲労しているのは一目瞭然。その生活が原因で彼の精子が少なくなった、と私は考えました。

しかしここで雄介さんはまた大きな過ちを犯してしまいました。走ることを一旦やめて、改善するのかどうかを確かめることもしなかったのです。

もちろん、子どもが欲しいがためにすっぱり引退するのは、効果が不確かという意味でも、マラソンで結果を出し、会社での地位や名誉を捨てられないという意味でも、とても難しい選択だと思います。しかし走る頻度を減らし、大会出場も控えて市民ランナー程度の活動にしていたら、程なく子どもができていたかもしれません。もしそうなっていたなら、彼の人生はまるで違うものになっていたのではないでしょうか。

これまで思いもよらなかった乏精子症という障害。漠然と結婚したら簡単に子どもが授かると雄介さんも私も思っていました。

それが医者の口にした「自然には絶対に授からない」という一言に打ち砕かれて私がショックを受けた以上に、雄介さんの心中には恥ずかしさと悔しさが渦巻き絶望し……更に屈辱の文字で埋めつくされてしまったのです。

そのストレスから生まれたうっくつとした感情の矛先は嫁の私に向かい、さながら漆黒の闇のような先の見えない地獄へ突き落とされることにもなってしまいました。

プライドが高い雄介さんとしてはそうしなければとても正気を保っていられなかったのでしょうが、もちろんそれを一方的に受ける私にとっては迷惑極まりない話だったのです。

しかも自分の息子に原因があるとは想像だにしていないだろう姑もまた、相変わらず私に言葉で攻撃してきました。

ただでさえ常に雄介さんの暴力暴言にさらされて大変な思いをしているのに、姑には私

が悪いと理不尽な決めつけすらもされているわけで……どうしても我慢ができませんでした。なので私は夫に対して、

「私じゃなくてあなたに問題があるってお義母さんに言って」

そうお願いをしました。しかし、雄介さんは「俺が悪いなんて言う必要ない」の一点張りでした。プライドが高く、みじめな自分の姿を親に言いたくなかったのでしょう。「原因がどうこうなんて関係ない。どっちが悪いのかどうかもどうでもいいこと。とにかく不妊治療をして子どもを授かることができたならそれで済む話」……などといった主張で雄介さんは上手く私をやり込めてきます。

そんなふうに言われると理不尽な気持ちが完全になくなったわけではなくてもうなずいてしまうのが当時の私でした。

「一体、誰のせいで何一つ異常のない私が不妊治療すると思ってるの！」

「あなたが黙っているせいで理不尽に私は姑からいじめられているのに、そんな妻をかばうこともしないの？　あなたは本当にいつだって自分の保身ばっかり！」

そんなふうに言えたらどんなに良かったことでしょう。しかしそうする選択もできず、私はずっと姑からの心ない言葉に苦しめられる針の筵《むしろ》のような日々を過ごすのでした。

　とはいえ、ずっと我慢ができるほど私も人間ができていたわけではありません。姑にあまりにも暴言を吐かれ続けて、ついに不満は頂点に達し、そして私は言ってしまったのでした。

「お医者様に本当の理由を教えてもらいました。子どもができないのは雄介さんの精子が少ないからなんです、だから……」

　私に問題はないのだと主張をさえぎるように姑は全力で怒声を浴びせかけてきます。

「そんなことあるわけない！！　あんたが冷え性だから、子どもができないんだ！！」

「いい加減なことを言ってごまかすんじゃない。あんたには努力が足りない！！」

　話が通じないとはまさに姑のこの言動を指すでしょう。自分の息子に問題はないという先入観ありきだから何の根拠もないのに、めちゃくちゃな理由をつけて、現実を否定するのです。


　もちろん雄介さんにしろ姑にしろ自分に都合の悪いものを受け入れることが難しいのは私にも分かります。あの時、姑が烈火のごとく怒ったというのは、姑も、それを予想していたのではないのか？　でも、プライドがあってそれを認めたくなかったし、嫁になめられたくなかったのかもしれません。

それは我田引水《がでんいんすい》（他人のことを考えず、自分に都合がいいように言ったり行動すること）。我田引水を押し付けられるこちらの身にもなってほしかったと、そう思ってしまうのは贅沢な望みなのでしょうか。

世の中には、いくら話しても話が通じない人がいる。

そんな雄介さんでしたが、よくよく考えてみると陸上界でステップアップできる機会は何度かありました。あるいは今までと違う方向へと行くチャンスも。もしそこで上手くいっていたなら何か変わったのか、それとも失敗する人だったから変わりようなどなかったのか……そんなエピソードを思い出したので書いてみようかと思います。

あるとき、雄介さんの元に電話がかかってきました。それはなんとテレビ局からで、とあるマラソン大会で解説をしてほしいという話だったのです。

なぜ雄介さんにその依頼が舞い込んできたのかというと、彼が昨年同じマラソン大会で優勝していたからでした。ですが、今年は出ないことに決めていたため、解説者として出演するのはどうかと持ちかけられたわけです。

その大会は一部始終を生放送で県全域に流すほど県公認・県内最大級の規模を誇っていました。そんなにも素晴らしい大会で解説役を仰せつかった彼は大喜びです。私もそれにつられるようにワクワクしながら雄介さんの活躍を待ちわびました。


そしてやってきた大会当日。雄介さんは生放送であるにもかかわらず、緊張することなく、無事大役をやり遂げたのです。私は現場にこそ行けませんでしたがテレビの前にかじりついて見た仕事っぷりに改めて惚れ、その有能さを尊敬しました。

その後帰宅した彼は「これを見てくれよ！」と言い、私に『お車代』と書かれた封筒を差し出してきました。封筒の中身は１枚の五千円札で、それを見た雄介さんは心底嬉しそうにこう言ったのです。

「たった１時間喋っただけで５０００円ももらった！」

その５０００円に私も大喜びしました。

今の私だったら「たったの５０００円ぽっち？」と返したことでしょう。だって、まずテレビ局に行くのに往復で３時間もかかっています。それに１時間もしゃべり続けられるのは雄介さんに知識と経験という積み重ねがあるからに他なりません。解説者としてのキャリアがないとはいっても、本当であればお車代の他に解説料として2万円は堅いでしょうし、もっと知名度があったら5万円・10万円でもおかしくはないと思うのです。だから相場が分からないのをいいことにちょろまかされたのでは？　と疑ってしまいました。

私も雄介さんもそういった疑念を抱くことなく、喜んだままでその依頼は終わったのですが、一つ後日談があります。それはその翌年に起こったのですが……。

初めてマラソン大会の解説役を務めた次の年も、なんと再びテレビ局から電話がありました。しかも、いつも実況をしている顔なじみのアナウンサー本人からです。

「ご無沙汰しています」

まず雄介さんにそう語りかけたアナウンサーは「最近はいかがですか？」と続けました。ですので彼は直近のマラソン大会に出場した話題やそのときの記録がどうなったのかなど近況を伝えることにしたのです。こういう展開は雄介さんにとってはあるあるでした。

実はテレビ局とか新聞社、はたまた雑誌の記者からの電話がかかってきて最近の調子について尋ねられる、いわゆる近況伺いをされることは珍しくなかったのです。彼がずっと活躍をしているので当然といえば当然ではありましたが、私はメディアというものは強い選手のことをマークし、時々探りも入れてくるものなのだなあと雄介さんのかたわらにいることで知りました。

しかしながら電話の相手は、記者ではなくマラソン大会に出演するアナウンサーです。時期も時期なので雄介さんは今年も解説してほしいとお願いするためにかけてきたのだと察しました。ところがいつまで経っても、相手がその話題を切り出す気配すらありません。だんだんと焦ってきた雄介さんは余計なことまで話し始めてしまったのでした。自分の素晴らしい実績や、いかに自分が優秀な選手なのか、という売り込みのような自慢話も同然の内容を彼は延々と語ったのです。果たしてそれが影響したのかどうか分かりませんが、結果的に相手は解説を頼むこともなく電話を切りました。

「なんだ？　こいつは……」

と不服そうに雄介さんは受話器を置きました。

もしかしたら最初からアナウンサーの人も単純に近況を知りたかっただけだったのかもしれません。でも本当にもう一度解説のお願いをしに来たのかも……と私は思わずにはいられません。実際にもその可能性は大だったのではないでしょうか。けれど解説を頼まれることはありませんでした。

もしかしたら、焦りがあってしたあのやりとりで雄介さんの傲慢さや人柄の悪さが見抜かれたのかも。これはあくまでも素人の想像でしかないですが、今活躍をしている選手に対して気持ちを寄せるでもなく「俺が俺が」と自分のことばかり話したため『解説者の資質がない』と判断されて、そのまま電話を切ったのではないでしょうか。少なくとも私はそんなふうに思いました。

雄介さんがもし野球選手の大谷翔平のように謙虚な心を持っていたのなら今頃は、一流のアスリートからご当地解説者へと転身して、県下で活躍していたのかもしれません。あのアナウンサーが解説役を頼みに来たかどうかはさておき、一度はあった機会を彼がもう一度つかむことができなかったのは確かです。

傲慢な生き方は人からも運からも見放される。

話は戻りまして不妊治療について書きたいと思います。

私は人工授精を計20回も行いましたが、まるで兆しが見られず、次の段階として体外受精をすることになりました。

その手術の場所は、新幹線を乗り継いでも片道2時間もかかる随分遠い所の医大病院でした。嫌でしたがそれでも雄介さんが自分の精子が少ないことを認めず、私自身も折れてしまった以上は続けなければなりません。しかしそんな決意をした私をあざ笑うように新幹線を使わず在来線で往復しろと雄介さんは言い出したのです。その場合は片道3時間半以上もかかってしまうのにと唖然としてしまいました。

理由を尋ねて返ってきたのは「交通費がもったいない」という言葉。もう妥協して、行きは仕方ないとしても帰りはどう考えても困るだろうとしか思えませんでした。行きなら元気なので立ちっぱなしになったとしてもいいですが、帰りは手術後なわけです。そのとき私のお腹には受精卵がいることを、雄介さんは忘れてしまっているのでしょうか。もちろん、彼の付き添いなどありません。行きも帰りも私だけです。手術が終わったばかりなのに3時間半も全く座れないかもしれないガタガタ揺れる電車で帰らなければならないの？　もしそれでようやく夢が叶うかもしれない受精卵に何かあったらどうするつもりなの？　頭の中にはやるせなさしかありませんでした。

「迎えに来てほしい」「せめて帰りだけは新幹線を利用させてほしい」と私は彼にお願いをしました。「疲れのせいで着床しなくなるかも」とも言い添えましたが、雄介さんはただ冷たい言葉を投げてきます。

「仕事は休めない」

「手術にいくらかかると思ってるんだ」

「お前が気をつけさえすれば着床する」

「こんなことでいちいち甘えるな」

他はともかく、お前が気をつけさえすれば着床するというのは、無茶苦茶な理屈でしかありません。それに確かにお金がかかっているといっても、こんな扱いなのはあまりに酷いと思いました。数千円程度をケチりたいがために雄介さんは私のささやかなお願いすら却下したのですから。

私は彼に意見を翻《ひるがえ》らせることもできず、手術後、帰りの電車に揺られて痛む身体を引きずりながら、１人で家に帰ったのでした。

最終的に私は体外受精を４回も行いました。２回目のときに妊娠できたものの、結局育ってくれずに終わってしまったのです。もし手術が成功しても帰りの電車で疲れているのに立ちっぱなしだったら受精しないかもしれないと、ぼんやりと考えたのを不意に思い出しました。

子宮内で赤ちゃんの成長が止まり、お腹の赤ちゃんとさよならしたあと、私はひどく落ち込み、ふさぎこんでしまいました。私の小さな赤ちゃんが映っているエコー写真に手をあてて涙をこぼしました。

あんなに待ち焦がれていた赤ちゃんが、お腹の中で亡くなってしまったという事実は私に大きなショックを与えました。

徐々に小さくなることはあっても、絶対に消えることのない悲しみがあるってことを実感させられます。結局のところ、卵を受精させて私の中に戻すことはできても、着床するかどうかは医学の力でもどうこうできません。着床できたとしても、無事に成長し、生まれるかどうかは医学の力ではどうにもなりません。

もし雄介さんが私の身体を労って手術後迎えに来てくれていたなら、私は本当に幸せな気持ちになっていいホルモンが出たかも、などと思ってしまいます。もしかしたら上手くいくと赤ちゃんもよく育ってくれたのでは……などというのは医学の知識があるわけではない、子どもが欲しい人間のたわごとか夫への責任転嫁に過ぎないでしょうか。

どんなに大金を注ぎ込んで体外受精を行ったとしても日常生活では口汚く罵られた上、殴る蹴るの暴行を受けていたら心も身体もボロボロになって、子どもを宿すだけの余裕が生まれないような気がしてならないのです。仮に雄介さんの精子が一般的な数だったとしても、妊娠しなかったかもしれない。人間の肉体はただの魂の入れ物ではなく、魂や心ともきっと密接にからんでいるのですから。

しかし、そんな日々は永遠に続きませんでした。不妊治療のやりすぎで私の身体に異変が起きたのです。繰り返し体外受精で酷使し続けた私の身体は排卵すらもしなくなり、とうとうドクターストップがかかりました。「少し休みましょう」と言われた私は、それっきりその病院の門をくぐりませんでした。

……こんなにも悲しい不妊治療の結末を迎えたのは、雄介さんと結婚して8年が過ぎた頃のことでした。

ドクターストップがかけられたのをきっかけに、私は不妊治療を続けることを放棄しました。心も身体ももうとっくの昔に限界だったのです。そこに排卵がなくなった厳しい現実を体験したことでぽっきりと折れて、子どもどころか自分の身体もダメにしたことに絶望しました。妊活自体が嫌になったといっても、悪いことだけではないと思い直すしか道は残されていません。

（赤ちゃんはあきらめる。これからは夫婦仲良く寄り添い、生きていこう。雄介さんとはこれまで色々あったけど、私にだって悪いところがあったのだからそれに気づいた今なら上手いことやれる。間違ってしまったことは全部反省して心を入れ替えよう……）

　そうして前向きに考えれば未来に希望が見えるような気がしました。そして、不妊治療をやめると伝えるときに雄介さんからねぎらいと感謝の言葉がかけられる様子をそっと思い浮かべたのです。

「子どもがいなくても芙由美がいてくれるならそれでいい」

「もう無理はしないで穏やかに夫婦で仲むつまじく暮らしていこう」

　そんなふうに言ってもらえるはずと本気で信じていました。

　優しく苦労を労ってくれたなら私は満足できましたし、彼と一生添い遂げる気持ちにもなれたでしょう。でも雄介さんの返答は私の期待を裏切ったのでした。

「頼む！　不妊治療は続けてくれ」

「少し休んだら身体は元通りになるさ、だからやめるなんて言わないでくれ！」

　そうやって私に病院に通うよう懇願をしてくるのです。そんな彼に私はがくぜんとしました。暴力より精神的なショックは強かったかもしれません。それでも本当の本当に嫌だったので必死に『ＮＯ』と言い続けました。

そうやって問答を続けているうちに、私がてこでも動かないのが分かると、

「ふざけたこと言いやがって！」

「なんで治療をやめるんだよ、俺は長男なんだぞ！」

「長男に子どもがいないとどういうことになるのか分かってんのか？」

「長男の嫁のくせに、そんないい加減なことは絶対許さないぞ！」

などと次は脅したり怒鳴りつけたりしてくるのです。しかし私は頑として応じるつもりはありませんでした。今までずっと結局は折れて雄介さんや姑の言いなりになってきましたが、これぱっかりは譲れなかったのです。命の危険とまではいかなくても、自分の身体を壊した上に赤ちゃんも望めない現状で、希望を持てるはずがありません。

これまでのやり方で思い通りにならないと知った雄介さんは、今度は色々な手段を用いてきました。ですがどんなになだめられても怒られても殴られても脅されても、私の心が動くことはありませんでした。

それくらい不妊治療が辛かったのです。もう二度と私が病院に行かないということを理解した雄介さんは「分かった、もう不妊治療は諦める」と同意してくれました。そのときの彼はといえば、がっくり肩を落としていて、後ろ姿など泣いているようにも見えたほどでした……とはいえ、私には不本意極まりないのが見え見えだったのです。

本心では不妊治療をやめたくない、子どもを作ることも諦めたくないけれど、私がやめると言い張ってきかないので、同意するしかなかったということでしょう。そんなちっとも心のこもっていない同意など本当の同意ではありません。雄介さんは自分の心を偽って無理に同意をさせられているような形になっているわけですから、心中では少しもスッキリとはしていないわけです。

そしてそれは彼の行動にも表れるようになりました。元々気に食わないことがあればしつように私を責めてきていましたが、何かしら気に障ることがなくても、どんどん攻撃的な言葉を向けてくるようになってしまったのです。

「結局お金をドブに捨てることになると分かってたら、不妊治療なんかやらなかった。その代わりに美味しい食べ物や好きな車を買ったり自分のためにぜいたくをすればよかったんだ」

「こんなにもずっと爪に火を灯すような思いで節約してお金を貯めて、それを不妊治療に注いだのに全部パーだ。時間もお金ももったいなかったな」

雄介さんはそうやって毒づき、赤ちゃんができない現実が私たちを苦しめました。

「役立たず」

「お前なんか二度と喋るな」

他人に言ってはいけないワードを雄介さんは何度も私に投げつけて、同時に暴力まで振るいました。

そのストレスも当然あったので、私も言われっぱなしでは済ませられませんでした。おとしめられた私は饒舌《じょうぜつ》な雄介さんには口では太刀打ちできず、悔しくて雄介さんの顔につばを吐きかけました。

そしてその仕返しに、更に雄介さんからお仕置きを受けるという負のループが繰り返されたのです。

なぜ、このような理不尽なしうちを受けなくてはいけないのだろう、愛していたから何もかも犠牲にして精いっぱいやったのに、と私は思いました。あの頃の私に会えるなら言ってあげたい。全てを捧げて用済みになったら捨てられるよ、と。


「どんなにその人を愛していても、その人のために全てを犠牲にしてはならない。なぜなら、必ず後で、その人を憎むようになるからだ」

小説家　曽野綾子さんの名言

あまりにも暴力とモラハラを受け続けた私は精神が崩壊していました。

もしあの時、誰かが私に包丁をぽいっと渡してくれたら私は迷わず雄介さんをメッタ刺しにしたでしょう。あの時、私は本当に、彼をなぶり殺したかった。

雄介さんの顔を何度も踏みつけたかった。血走った眼で助けを乞いながら私の足にからみつく雄介さんの腕をつかみ、噛みつきたかった。そして手を取り指を１本１本切り落としたかった。絶叫する雄介さんの声を聴きながら、薄ら笑いを浮かべながら、私は最後のとどめを刺す。そして私は返り血を浴びながら狂ったように笑うでしょう。私は、彼の血の海の中で叫ぶ。『これで終わった！　私は永遠に雄介さんから解放されたのだ』と。

そんな想像をするほど、私は悔しくて彼が憎らしかった。それを実行しなかったのはこのＤＶモラハラ最低クズ男の為にその後の自分の人生を台無しにしたくなかったから。

またある時は、苦しい現実から逃げ出す為に、自らの命を絶ってしまいたいと思う時もありました。『完全自殺マニュアル（様々な自殺の方法が客観的に書かれている本。１９９３年に出版され１００万部以上を売り上げるミリオンセラー）』を私は読みふけった。

本に紹介されていた服毒法を計画し、コツコツ薬局を回りながらお目当ての市販薬を集めることだけが楽しみな日々。『いつでも死ねる』ことが私を安心させ死ねる希望に支えられながら生きていたのです。
いつか薬が集まったら恨みつらみの遺書を枕元において服毒自殺をしようと……。（なお服薬自殺として、本に紹介されている一般用医薬品は現在、日本では製造中止等で入手不可となっていたり、処方箋医薬品も入手困難になったものも多い）
けれど、きっと遺書は警察が来る前に、破り捨てられるでしょう。そして私に掛けられた死亡保険金を雄介さんが受け取り、札束を前に高笑いをするでしょう。散々奴隷扱いされた果てに自らの命を絶ち、クズ男を大金持ちにさせるなんてバカらしいと想像したら、自殺する気が失せたのでありました。

私は人も殺さなかったし、自殺もせずに生きています。横道にそれなかった過去の自分に感謝しています。そして、間違いなくあの頃があったから、今の私があるのです。

過去の自分が今の自分を作り、今の自分が未来の自分を作る。

作者不明の名言

私たちが妊活することを終了したのと同時期。

あれほど敵なしであった雄介さんも、気づけばもう30代後半。アスリートとしてのピークは過ぎ、下り坂に差しかかっていたのです。最強に近かった彼も寄る年波には勝てないようでした。次々と現れる若手に優勝をさらわれる回数も増えてしまい、徐々に『過去の人』になっていくのを大会に出るほどに実感せざるを得ないのは、残酷の一言に尽きました。ほんの少し前まではあんなにもチヤホヤされていたのに、今では周囲に集まってくる人もおらず孤独です。

殺したいくらいに険悪な仲でも一応夫婦は夫婦。彼がふと可哀想になりました。そこで雄介さんにある提案を一つしてみたのです。

「あなたには他の人にはない才能があって、長い間積み重ねてきたキャリアも技術も持っている」

「体力的に大会に参加するのが難しいなら、今度はそれを人に伝えてみるのはどう？」

「とりあえずボランティアで近所のちびっこたちを集めて陸上教室を開いてみたら？」

テレビなりラジオなりで解説者をやるのが難しいなら、その選択が最適に思えました。

もちろん彼の性格上、子どもを相手にするのは相当大変でしょうし、妊活を諦めたことがより精神にくるかもしれません。ですが、完全に落ちぶれて周囲に笑われるよりよっぽどマシだろうと考えたのです。

しかしそれを聞いた雄介さんは吠えるようにこう叫んで言いました。

「お前、頭狂っているんじゃねえの？」

「くだらない！　なぜ俺がわざわざそんなことしなきゃならないんだ」

「ボランティアなんてバカのやることだろ」

「寝言は寝ているときだけにしろってんだ」

「お前みたいなキチガイは一生黙っていろ！」

罵倒の嵐に私は言い返す気力すらも奪われました。

もちろん、彼の考え方に一理あることは事実です。暴言のせいで感情論で反発しそうになりますが、そういうスタンスなのもいいでしょう。マラソン関係以外に何かしら価値を見出せるのなら、完全に離れてしまうのだって立派な選択肢の一つです。

それにボランティアをやりたくないだけであれば、有料の陸上教室を開いたらいいのです。とはいえ実現まで漕ぎつけるのに色々と手間がかかるのはまず間違いありません。

それでも、もしも雄介さんが陸上教室を開きたいと言うなら、それが有料でも無料でも関係なく私は協力をするつもりでした。それほど教室を開くことはとても尊いものだと私は心底思ったのです。

まず大抵の人間は平凡でしょう。なので他人に何か特別なことを教えられるような立派な技術を持っている存在は貴重と言えます。そしてその滅多にいない、とても素晴らしい人物の1人こそが私の夫なわけで、そんな類いまれなマラソンランナーとしての能力を腐らせてしまうのはもったいないと思いました。実子がいなくても弟子のような子どもがいれば少しは慰めになるのかもしれない。もしかしたらそんな思惑も自覚なしに抱いていたりもしたのでしょうか。

でも結局は私と彼で大きく価値観が異なっていたようです。考えが違うこと自体は仕方がありません。ですがなぜ、私の提案どころか人格すら否定し、罵ってくるのか全く理解できませんでした。

今までずっと、私は雄介さんの側にいました。そして、その内面はともかくとしても、彼がストイックに練習に取り組んでは努力を重ねてきた姿を見て尊敬すらしていたのです。

雄介さんには、他の人にはできないことができる。だからこそ、先輩として培ってきた経験と技術を今度は若い人たちにも教えてあげられるのです。それが雄介さんにとって、今後のライフワークになったらいいと私は心から願っていました。

人は自分1人だけでは生きていけません。今まで生きてこられたのは誰かが一緒にいてくれたからなのです。雄介さんは特にたくさんの人に支えられて生きてきたことでしょう。

マラソンランナーとしてのとても華々しい経歴に相反するように、彼の他人に対する言動はお世辞にも褒められたものではなかったので、彼らに恩を感じて世の中へ返す『恩送り』をすることができるはずなのです。

もちろん無理のないように、できる範囲でいいと思います。それこそ自分の身の回り、手に負えることだけでも感謝の気持ちを込めて行ったらどんなに小さな行為だとしても充分『恩送り』になるといえるはずです。

私はそんなメッセージを伝えようとしたのですが、言葉が足りなかったのかもしれません。どうにかして彼の心を動かすことができたなら……例えばボランティアからスタートした陸上教室が評判を呼んで、希望者が殺到してしまったために受講料を求めるようになれば、現在でも何かの形で陸上の世界に君臨して、もしかしたら解説者なり指導者なりで名を馳せていたかもしれません。雄介さんにはきっとそれだけの可能性があった。私はそう本気で信じていたのです。

チャンスも人とのご縁もこれまでの交友関係が運んでくれる……と思います。あのときもしも彼が私の言葉に耳を傾けてくれていたら……などというのは妄想に過ぎないのでしようか。

恩送りとは、誰かから受けた恩を、直接その人に返すのではなく、別の人に送ること。

妊活を終了した私は、気分転換の為に趣味を始めましたが、それも雄介さんには理解してもらえませんでした。

それはかなり過去の世代になったWindows95が日本で解禁されたときのことです。

１９９５年11月23日の午前０時に販売解禁を迎えた秋葉原のパソコンショップには、たくさんの人々が殺到したようです。そんな光景をテレビのニュースで見た私は「これは大変なことになった」という危機感を覚えました。

「これからはきっと、パソコンの時代になる。ブラインドタッチができなければ話にならない」と直感的に思ったわけです。95年の主流は未だにワープロで、会社でも大きな業務用のコンピューターがほとんど。専門家ではなくとも使えるパソコンは夢みたいなものでした。

ですが、自分の直感が囁《ささや》いた私は、そんな黎明期《れいめいき》（新しい時代が始まる時期）のパソコンに興味を持ったのです。実際に仕事で使えるくらいに普及するかは分からないけれど、趣味としてブラインドタッチを習得してみたい。そう思ったのです。

そこで一念発起し、パソコン教室に通い始めました。料金はひと月５０００円です。ところが家計簿を見てそれを知った雄介さんはすぐに辞めろと言い出しました。

「これから一生触ることなんかないだろうパソコンとやらのために、５０００円も月謝を出して習いに行くとは何事だ。くだらない事の為に金を使うな」

というのが彼の主張でした。そして私は強引に教室を辞めさせられてしまったのです。

もし、あのシーンに戻れるなら、私は彼に言いたい。

月をさす指を見ているだけでは、その先にある月を見ることはできない。つまり、大切な物を見失ってしまうのさ。

「燃えよドラゴン」より

そもそも趣味とはその人にとって、しがらみがつきまとう人生を華やかに彩ってくれるものに違いないでしょう。そして他にない価値を見出したからこそ、お金を払ってでもしたくなるものでもあります。他人から見れば、無駄に感じるというのも分からなくはありませんが、雄介さんはそういった感覚が理解できない人で、何かにつけてお金がもったいないと言い、私の行動を制限しました。

それは今に始まったことではなかったけれど、私は唐突に虚しくて寂しい気持ちになったのです。少し買い物をするのにも、夫に聞いて許可を取らなければ満足に買えません。今回のように習いたいと思っても、彼がダメだと言うのなら辞めなければならない。

私たちには子どもがいない。趣味の一つもなく何の楽しみすらない。自分の人生なのに私はずっと思い通りに生きてはいない……これでは一体何のための人生なのか？　そんなに私のことを言うんだったら、なんで自分はマラソンやってるんだ。マラソンは仕事じゃない、趣味でしょ！

読者さんは『自分のお金を使っての趣味も許されなかったのか？』と疑問を抱く方もいらっしゃるかもしれません。ですが、現代では妻（夫）が自由に使えるお金をくれない行為は『経済的ＤＶ』という名前が付いています。ましてや夫と私のマインドは主従関係だったので、夫が「教室をやめろ」というのは自然なことでした。

第3章 ついに離婚を決意

そうした疑問と苦しみが頭の中で生まれては消えていきました。雄介さんはその後も自身のうっぷんを私にぶつけ、更にひどいDVとモラハラ行為をするようになりました。

ついに私は離婚を決意し、思い切って市役所や家庭裁判所、警察に弁護士とありとあらゆるところに「夫にひどい暴力を受けている。とても苦しく、命の危険も感じているのでどうしても別れたい。どうやったら彼と離婚できるのか教えてほしい」と相談しました。

しかし返ってきたのはこのような言葉ばかりでした。

「現在も同居しているんでしょう。一緒に暮らせる程度なら、結婚生活は破綻していると言えません」

「破綻していないから離婚調停は受け付けられない」

「夫婦喧嘩のことなどいちいち面倒を見られないです」

「それはうちの管轄じゃないので、他のところに聞いてください」

という感じでたらい回しに。

『命の危険を感じている』と言っているのに、どこに行っても「知らない」「うちの管轄じゃない」「分からない」のどれかを言われて門前払いでした。現在であれば同居中も離婚調停を受けてくれるみたいですが、当時は返事の通りどうしようもなかったのです。

どこも私のことを相手にしてくれず、話に耳を傾けてくれる場所すらもありませんでした。目の前が真っ暗になるとはこういう感覚なのかもしれません。

今になって思えば、なぜあれしきのことで諦めてしまったのか。一度電話して断られたとしても何度も行けばよかった。違う担当者が話を聞いてくれたかもしれないのに。地元の市役所や警察・家裁・弁護士が相手にしてくれないなら市長でも県知事にでも手紙を出すなり、血眼になって私を助けてくれる人を探せばよかったのに。いや、そんな知らない人に相談する以前にもっと身近な人に相談すればよかった。例えば親戚のおじさんやおばさんとか昔お世話になったレジチーフとか仲人さんとか友人に相談すればよかった。当時の私は気おくれして相談できませんでした。恥も外聞もなく必死で私を助けてくれる人を探せばよかったのに、私は諦めてしまいました。

それでも引き続き離婚活動をしているうちに、だんだん分かってきたことがありました。

民法では法的に『離婚が可能な原因、または状態』というものが定められているのだとか。
早速私は、それらを一通り調べてみました。その内容は以下の通りとなります。

・不貞行為
・悪意の遺棄
・一方の生死が3年以上不明
・配偶者が重度の精神病にかかり回復の見込みがない
・その他、婚姻関係を継続し難い重大な理由

不貞行為はすなわち浮気のことを指していて、悪意の遺棄は生活費を入れない、夫が働かない、妻が実家に帰ったままであるといった理由が挙げられるようです。あいにく雄介さんはそのどちらにも当てはまりませんでした。

その他の重大な理由には過度な宗教活動や暴力・暴言、アルコールもしくは薬物中毒、配偶者の家族や親族との不和、刑務所に服役しているなどが入るのですが、私たちの場合に該当する暴力暴言は証拠がなければ証明のしようがなく、今も同居しているなら相談したときに説明された通り、当時だと婚姻関係の破綻は認めにくいようでした。ここまできて私は病院で診断書をもらわなかったのが、いかに愚かなことだったのかをやっと知ったのです。

また、配偶者の家族や親族との不和というのも当てはまるといえばそうなのですが、実母にしても雄介さんの舅と姑にしてもおそらく離婚させたくないという見解は一致していて、証言してくれる可能性は低いでしょう。それなら同居をやめて夫婦関係の破綻を証明するしかありません。

ということで何度か実家まで戻りましたが離婚してほしくない母は中に入れてくれず、それどころか雄介さんに連絡して、私を差し出すのです。しかしそれでもめげずに、私はアパートを借りたのです。

それでも、私の目論見に気づいた母と夫は『夫婦には同居する義務がある』と言い張って2人で結託し、猟犬もさながらに私を追い込み無理やりに連れ戻してきました。私は離婚するために別居することすらできなかったのです。

実を言うと、最初から実母と雄介さんは結託していたわけではありません。

・『バカ・のろま・グズ・お前なんか一生しゃべるな』とおとしめられて辛かった

・日常的に殴られることに耐えられなくなった

・鼓膜が何度も破れるほど暴力をふるわれて心も身体もボロボロになった

と母に訴え、母も最初は私の味方をしてくれていたのです。ところが雄介さんは

・貶《おとし》めようとしていたわけではなく全部冗談だった。冗談を真に受けるほうがどうかしている

・芙由美は何を言っても平然としていたから平気だと勘違いした。嫌なら嫌と言ってくれれば暴言を吐かなかった。

・夫婦喧嘩をしたら暴力は当たり前。芙由美は大げさすぎる

・鼓膜は破れたかもしれないけど、治ったのだから別にいいじゃないか

・殴られるには殴られるだけの理由がある　殴らせる方が悪い

・暴力の証拠がないなら証明できない。僕は殴ってないと言い張れば芙由美の狂言ということになる

・僕は無駄使いもせず、賭け事も浮気も一切しない非の打ちどころのない夫である

・このままじゃ済ませない。それ相当のことを考えている。もしかしたら大工のお父さんの仕事や弟さんの就職や結婚にも支障が出るかもしれませんね。

と無茶苦茶な理論と虚言と脅迫まがいのことを堂々とまくしたて、母の心を掴みました。
母は、雄介さんの言うことに賛同し雄介さんの味方に付きました。
驚いたことに雄介さんは、心の底から『芙由美が平然としていたから平気だと思ってい
た。嫌なら嫌と言ってくれれば暴言を吐かなかった』とか『殴らせる方が悪い』『鼓膜は
破れたかもしれないけど治ったのだから別にいい』だとか本気で思っていた節があります。
どうしてそんな風に思えるのか？　相手が平気だとしても、『バカ・グズ・ノロマ・お
前なんか一生しゃべるな』が全部冗談だった、などとどうして思えるのか？　嫌なら嫌と
言ってくれれば暴言を吐かなかった、などと、平気な顔して言えるのか。
もし鼓膜が破れて耳が聴こえなくなったり、当たり所が悪かったら私は死んでいたかも
しれないというのに、『鼓膜は破れたかもしれないけど治ったのだから別にいい』となぜ
言えるのか？　その神経が私にはわかりません。私はそんな彼を『責任逃れをする自分本
位で低レベルで軽蔑すべきクズ野郎』だと思います。

人は自分に都合のいいように考える生き物。

その後、実母は絶対に離婚はしてはいけないと私を攻撃してきました。

「出戻りなんて、みっともない。この恥さらし」

「離婚したらご先祖様から罰が当たる。だから絶対に離婚しちゃダメ！」

となるともう完全にお手上げです。私は絶対に逃げられないように足に錘《おもり》のついた鎖をぶら下げられた奴隷の気分でした。

これが現代に起きた状況だったとしたらスマホなりタブレットなりパソコンなりを使えば簡単に情報を調べることができたでしょう。その上、時間も個別の費用も不要と至れり尽くせり。それに録音や隠し撮りによって、暴力暴言や浮気といった相手の行動を押さえることすらもできます。今その場にはいない人にだって、声も出さず助けを求められるのは命を関わる重要な機能かもしれません。

そんな便利なネット端末も、私が離婚で揉めていたあの頃だと普及していませんでした。もちろん私も所持はしておらず、そういうやり方では対抗のしようがなかったのです。

今でこそ『モラハラ』『ＤＶ』という言葉があってどんな意味なのかもしっかり周知されていますが、当時の日本にはそもそもその手の単語が存在していなかったので、それらの行為に対する人々の意識もかなり低いものでした。

俗にいうＤＶ法ができたのは２００１年です。法もなければ相談施設すら一つもないので、何の武器も持たず、手引きしてくれる協力者もいない丸腰同然の状態でした。そんな事情があった上に私の考えも浅はかなものだったため用意周到に準備して、上手く立ち回ることもできなかったのです。そのせいで、

「やっぱり離婚できないのかも……」

と私はすっかり弱気になってしまって、一時期は本当に諦めかけていました。

そのとき私はふと『未来の自分』を想像しました。子どもがいないので隣にいるのは夫だけ。常識すら無視してしまう自分勝手な彼は忌み嫌われていて、誰にも相手にされず爪弾きにされるのでしょう。そして、そんな夫の連れ合いということで、私もまた孤立し世間からも取り残されてしまいます。誰一人、相手にしてくれない寂しさを雄介さんは私にぶつけるに違いありません。そんなうっぷん晴らしでしかない暴力にひたすら耐えながらおびえて暮らす私……。そんな未来の自分の姿が思い浮かびました。

ゾゾー！　と鳥肌が立ちそうです。

今度こそ本当に洗脳状態から目が覚めていくのが分かりました。そのとき私の脳内に「冗談じゃない！」「こんな奴にこれ以上振り回されてたまるか！」「こんなクズ野郎のためにたった一度きりの人生を台無しにされてたまるか！」と、衝動が湧き上がっていき

ます。私は拳をぎゅっと握り締め、1人ぼっちでも戦おうと固く心に決めたのでした。

自分の生き方は自分が選べるはずで、人に支配される筋合いはない。自分の生きたいように生きたいなら、1人ぼっちでも戦おう。

私は、人に依存しないと覚悟を決めました。私は自分の思い通りにさせてくれない雄介さんからも、実母からも逃亡しました。もちろん未成年が家出をするような小規模なものではなく、日本全国を転々とする本格的な逃避行です。

更に3日おきに実家の固定電話にかけて「離婚すると言うまで出てこない」と母に対して宣言もしました。当時は携帯電話を持っていなかったのでそこから足がつく心配もありませんでした。

なぜ3日おきに伝えていたのかというと、一度も連絡しなかったら自殺をしたと思われそうだと感じたからです。またこちらから連絡することで実母や雄介さんたちがどういう様子なのかも分かると思いました。下手をすると警察に追われるかもしれませんが、大事になってもそれはそれでいいと開き直りをして。

この作戦は見事功を奏しました。皆が皆、慌てふためいてたちまちパニックに陥ったのです。その状況を知っても定期的に電話してくる私に、母は金切り声を上げて『さっさと居場所を教えろ』と半狂乱になりました。でも私は屈さず、ネガティブなことを言われたらすぐに電話を切り、一切の言葉をシャットアウトしたのです。私はついに母に勝った、と喜びに沸き立ちました。

内心ガッツポーズを決める私とは逆に、母も雄介さんもこちらの足取りすら掴めずに困り果てていたようです。

そうしているうちにどんどん時間が過ぎ、1ヶ月2ヶ月3ヶ月と経過しても、彼らは私のことを見つけられませんでした。

その間に私はこっそり市役所に行き、住所を実家に移しました。そして、離婚するために必要な『別居している状態』を作ることに成功。そして家庭裁判所には離婚調停の申し立てまでしっかり手続きしておきました。

しばらくすると雄介さんの元に見慣れない書類が届きます。それは私が手配していた離婚調停の呼び出し状。彼は驚きパニック状態になると、私の母に何度も電話をかけて、

「まだですか！　まだ芙由美は見つからないんですか！」と彼女に激しくせっつきました。母は母でこの状況に理解が追いついていなかったのもあって、つい「母として私にも責任があるかもしれません。こうなったら探偵を雇って調べます」と雄介さんに約束をしてしまいました。

後日、失踪者を探してくれる探偵に費用を尋ねたのですが、「最低でも１００万。年月が経てば経つほど費用も膨れ上がる」と聞かされて母は腰を抜かしたのです。

「１００万？　そんな大金、用意できるわけない……どうしたらいいんだろう」

実母はほとほと困り果てたのでした。

費用が１００万と聞き及び腰になった母に、雄介さんはまた電話をかけました。彼に「義母さん、探偵のほうはどうなりましたか？」と聞かれて「費用が最低でも１００万だと言うの。申し訳ないけど、探偵を雇うのはやめさせてもらいます」と断りの返事を告げた母。ところが雄介さんは、それまでの紳士的な口調から豹変してしまったそうです。

「義母さん、あなた探偵を雇うって約束したじゃないですか！　なのに今更辞めるなんて絶対に許しませんよ。一度は探偵を雇うって言ったんだから、どんなことをしてでもお金を工面して芙由美のことを探してください！　俺は何があってもあいつと戦う！　戦いますからね！」

脅迫も同然の言葉に母は震え上がり、「この男、本当はこんな奴だったんだ」と今更ながらも目が覚めたのです。そして脅されているのにまるで火事場の馬鹿力が如く、母は金切り声を上げて反発もしました。

「そんなこと言われたって、無理なもんは無理なんだよ！　私はもう探偵なんか雇わない。あんたを助けたりしないからね！　もう私は知らない！　あんた１人で勝手に戦えぇぇ！」

マシンガンのような勢いでそう叫び、乱暴に電話を切ったそうです。さすがの雄介さんも、それ以上は何もできなかったのでした。

そんな母と雄介さんのやりとりなど露知《つゆ》らず、私は日本中を転々としながら、身を潜めていました。潜伏先はいつも安ホテルです。支払いにはクレジットカードを使っていました。よくよく考えればその明細書で足がつきそうなものでしたが、気づかなかったのか、追いかけてはいたけど私が離れる速さがまさっていたのか、ついぞ、追いつかれることはありませんでした。

とはいえ、もし同じような境遇の人に相談されたとしても、潜伏するのはおすすめしません。まずホテル代と飲食代で１日に１万くらいはかかってしまいます。３ヶ月間もそんな生活を続けたら、なんと90万円にもなってしまいます。

私のときも所持金はすぐに底をつき、クレジットカードのキャッシングでお金を借りての生活を送りました。いつ追っ手がかかるかもしれないというストレスもあって心身ともに疲れ果ててしまい、睡眠にも影響し、体調不良にもなります。雄介さんや母と直接顔を合わせていたときとは、違う意味で大変苦痛な生活でした。ですのでくれぐれも私の真似をしないでくださいね。

3ヶ月かけた逃亡生活で、私の気力はボロボロになり「もうダメかも」と諦めかけました。しかし、最後の最後には勝利の女神は私に微笑んでくれたのです。ある日、いつものように生存報告を兼ねて、実母に電話をしたら「雄介さんが離婚に応じるって」とずっと夢見ていた言葉を告げられたのでした。

とうとう雄介さんも諦め、母に離婚表明したのだそうです。母いわく「『もう疲れた』って」とのことで、それはこっちこそそうだって彼に直接言いたくもなりました。

「だけど、離婚調停は取り消してほしいんだってさ。取り消してくれたらちゃんと離婚するから」

「そんなの嘘でしょう?」

私はそう母に言いましたが「嘘じゃないって。もし取り消さなかったら離婚しないって言ってるんだし。これを逃したらあんた絶対離婚できないよ。だからここは言う通りにするのが一番じゃない？」と返されました。

私も逃亡生活の疲れが出ていたのもあって、素直に離婚調停を取り下げてしまいますが、それを雄介さんに告げると「ひっかかったな、このバカが！　誰がおめおめ離婚なんかするものか」と彼に嘲笑われる結果に。一体何度だまされたら気が済むのか、自分に呆れるより先に「まただまされた」という怒りの感情が膨れ上がりました。

「そう、だましたんだ。いい加減こんなことが通用すると思っているの？　もう頭にきた！　絶対あんたの元には帰らないからね！」

私はそんなふうに言い返して電話を切り、ようやく実家へ帰ったのです。


逃亡生活を終えた私は、しばらく実家に身を寄せさせてもらうことになりました。そもそも今まで母が雄介さんに連絡しては私を引き渡したり中に入れてもらえなかったりしたのが逃げる原因になったのに、なぜこう一転して実家に招き入れられるようになったのかが分かりません。優しく接してくる母に聞いてみて、ようやく理由がはっきりしました。実は私がいないうちに母は、父と父の妹にこってり絞られたそうです。

これまで母は、何とか自分だけで私の離婚騒動を解決しようとして父にもこの事態を内緒にしていました。ですが私が失踪してしまったため、明るみになって「なんでこんな大事なことを俺に言わなかったんだ！　男親が話をすれば解決することだってあるだろう！」と怒られてしまったようでした。

　それでも母は父に「だって、芙由美が悪いんだよ。芙由美は、雄介さんに今までバカとかノロマとか一生喋るな、って言われたみたいなんだよ。だけど私が雄介さんに『それは本当だったんですか？』って聞いたら、雄介さんは『言いました。でもそれは全部冗談でした』だって。雄介さんは冗談で言っていたんだよ。なのにその冗談を真に受けるなんてバカみたいでしょ、芙由美はおかしいんだよ」と弁解したそうです。ところが父は「雄介くんは本当にそう思っているから口に出るんだ。おかしいのはお前だ、実の娘をかばわないでどうする！」と怒ってくれたのでした。

　父に責められてしまった母は悔しさのあまり、それなら今度は父の妹に味方になってもらおうとしたのです。

「芙由美が離婚したいって言っていて。離婚なんて大それたことをしたらご先祖様の罰が当たるから、絶対ダメだよね」

　父の妹だったら共感してくれるはずだと思ったのでしょうが、至極真っ当に「義姉さん、今、生きている人のほうが絶対大事でしょ。生きている人に寄り添わずに死んだ人を大事にするなんてどうかしてる、そんなの芙由美ちゃんのほうが大事に決まってるじゃん！」

と叱られたようでした。

そしてそこでやっと目が覚めた、だからこれから芙由美の味方になるという考えに至ったから、私は実家の敷居をまたがせてもらえるようになったのです。

やっと気づいたか、とつい悪態をつきたくなりますが、とはいえもう逃げ続けるだけの余裕もなく、雄介さんの元にも絶対帰りたくない私にとって救世主なのも確か。父と父の妹のお陰ではありますが……。


やがて時が来て、双方の両親と私と夫の６人が集まりました。しかしその席で夫側はとんでもない内容を言い出したのです。

「うちの息子は年月もお金も無駄にし、戸籍も汚された。だからそれ相応のことはしてもらおう。離婚した後、迷惑料を払っていただきたい。財産分与もしない・別れた後裁判を起こさない。この条件をのめなければ絶対に離婚には応じられない」

同居するときにお金を要求してきた姑か、頑なまでに自分の非を認めようとしない雄介さんならその内容に怒りはすれど、言動自体には頷けたかもしれません。

しかし強い口調でそんなふうに言い放ったのは、なんと舅であったのです。舅はいつも優しく温厚な人でした。しかし、最後はこんな風に言われたので舅の豹変っぷりには大きなショックを受けました。

雄介さんはおそらく自分のＤＶやモラハラを親には隠していたのだと思います。私は姑にＤＶの被害を訴えたこともありましたが相手にされずじまいでもう忘れているのでしょうし、舅に至ってはそもそもまるで知らなかったのではないでしょうか。

だから、彼が口にした『今までずっと芙由美に一生懸命尽くしてきた』というアピールを鵜呑みにしてしまった気がします。嫁よりも自分の息子を信じるのは、親としては当然のことでしょう。

そして、この最後の話し合いでも頭ごなしに私が悪いと決めつけたから、こんな冷たい対応をしたのかもしれません。もちろん『なぜこうなったのか』と、ちゃんと平等に聞いてさえくれれば、私だけが悪かったわけではないと分かってくれたとは思うのですが。

「なぜそんな金を払う必要があるんだ。その無茶苦茶な条件には応じられない」

当然ながら私と父は全力で突っぱねます。雄介さんがそれに反発し、こう返しました。

「ふん。そっちがそういうつもりなら、こっちだって意地でも離婚届に判を押さないからな。大人しく言うことを聞いたほうが利口なんじゃないか？」

「こっちはな、賭け事もタバコもやらない、真面目な人間なんだ。世の中にはパチンコやったり麻雀で借金を作る男だっているんだぞ！」

「芙由美のことをこれまで守ってきた。何の落ち度もない相手に向かって、こんな真似をしやがって。許されるわけがないだろうが！」

その瞬間には雄介さんの目つきは鋭く光っていて、殺気立った形相はまるで、殺人鬼かヤクザのようですらもあります。彼の気迫に母はぶるぶると恐怖で震え出しました。

「義母さん、あんたどう思ってるんですか！」

雄介さんににらまれて、母は「許してください、許してください」と畳に頭をこすりつけて平謝りをし始めてしまったのです。彼らの凄みにひるんでいるのが手に取るように分かりました。

そして実母は「そちらがそう言うのは当然ですよ、芙由美のわがままでこんなことになったんだから、お金を払うのは仕方ありません。芙由美が払わないと言っても、私が責任を持って払わせますから」と勝手に約束までして、ペコペコとご機嫌取りをするのです。もちろんそれを聞いた雄介さんは「義母さんがそう言ったんだからな。確かに皆この耳で聞いているんだ。言い逃れはできんぞ！」と意気揚々と大声を上げました。

母がそう言ってしまったため、こちらはその通りにするしかなかったのです。最初はなんと１０００万円も払えよと言ってきたのですが、どう考えても現実的ではないこともあって、最終的に３６０万円を10年で分割して払うことになりました。

しかも、ご丁寧にあらかじめ用意してあった念書に署名捺印させられたのです。

……無理やり私に署名捺印させることに成功した雄介さんと舅は、ほくそ笑みました。

しかし意外なことに、その念書を読んだ姑は「こんなことをしたら芙由美ちゃんが再婚できなくなっちゃう！」と叫んだのです。

今までずっと私をいびってきた彼女ですが、ここにきて心配してくれたことに私は驚かされました。そんな姑を見て舅は反対に「そんなこと知ったこっちゃない！」と吐き捨てたのです。いつもニコニコしていて、まるで仏様のようにとても優しかった舅。それがまるで鬼か悪魔のように見えて私は呆然としました。

気づけば須藤家に嫁いで10年近くも彼らに尽くしていました。文字通り身も心も捧げるくらいの勢いであったと思います。けれど別れるときにはそんな日々の積み重ねなど無関係になってしまうのですね。それに私が幸か不幸かなんて気にしておらず、そしてそれどころか、死のうが生きようがどっちだっていいのではないでしょうか。自分たちに利益を運んでくれるのならそれで。

舅のその変わりようを見て私は悟りました。この世界のどこを探しても私のことを一生責任を持って守ってくれる人などいないこと、どんなに優しく見えたとしても何もかもを信じて、鵜呑みにしてはいけないこと。何よりそもそも誰かに守ってもらおうなどという考え方が間違っているのだということに。

なぜなら結局のところ、人と自分は同じではないのです。誰一人、私の人生に対して責任を取ってくれませんし、私も誰か他の人の人生の責任なんて取れそうもありません。一番可愛くて大事なのは自分しかおらず、いざとなれば皆、自分が助かるためなら他人を裏切って切り捨てるのでしょう。そんな考え方を糾弾する資格は私にもないです。なぜなら私も同じことをしてしまうだろうから。

それは他人に対する諦めというより、人生に対する理解のようなものだったのかもしれません。自分の人生に責任を持ち、最後まで自分の身を守れるのは自分自身ただ１人だということを実感して、自分の人生なのだから人に依存せず自分の力で歩かなければとそのとき心から思ったのです。

誰も私の人生の責任を取ってはくれない。最後まで自分の身を守れるのは自分自身ただ1人だけ。自分の人生は人に依存せず自分の力で歩かなければならない。

数か月後、『伝えたい事がある。郵送ではなく、離婚届けを直接手渡したい』という彼の申し出により、私たちは再会しました。久しぶりに雄介さんと顔を突き合わせた私は、早速本題を切り出しました。

「わざわざ直接会って伝えたいことって何?」

「……俺も、お前と離婚するのに同意するよ。正直不本意だが、仕方なく離婚するんだ。……最後に、これだけは言うよ。……もうすぐ芙由美と別れるけど、これからも俺はお前を一生……」

そこまで聞いて、不本意にも私は『一生愛する』だとか『一生幸せを願っている』だとか言ってくれるのかなと想像をしてしまいました。もちろんその期待は一瞬で裏切られることになります。

「呪ってやる!」

私はいい方向で考えていたのもあって、『えっ!? 呪うんだ!』と驚くと同時に、これまでは暴力と暴言に苦しめられ、やっと縁が切れると思っていたのに、最後の最後に呪いの言葉を放つ彼への恐怖で震え上がりました。

「俺は絶対にお前とお前の家族が幸福にはならないように永遠に呪い続ける! 死んだ人間より生霊のほうが恐ろしいってことを思い知らせてやるぞ! 覚えとけ、もう絶対お前は幸せにならない、これからお前には不幸しかやってこないんだ！　そして、俺と離婚したことを一生後悔してもらう！　フン、ざまあみろ！」

その言葉を聞いて最初のうちこそ私はゾッとしてしまいましたが、あまりの剣幕と言葉選びがむしろ幼稚に思えてきて、いっそあわれにも感じられたのでした。別れ際にすら、ひどい自分の姿を見せることしかできなかったのです。ここでもし想像した通りの優しい声をかけられていたら、もしかしたら決心が鈍っていたかもしれません。それを思うとむしろ、雄介さんにそう言われて良かったとすら思えました。

ちなみに署名捺印済みの離婚届は用意されていたので、翌朝一番で提出し、晴れて私は自由の身になったのでした！

離婚する時は、丸裸にされたうえ、谷底に突き落とされる程のひどい目にあったり、呪われることもある。離婚は戦いだよ。

第4章 再出発

ようやく離婚できたので正社員になって早く家族を安心させたい、借金を返さなければと思い、手当たり次第に自分にやれそうな職種に応募しましたが、どこも正社員としては私を雇ってくれませんでした。

最終的に雇用されたところは、計算機の部品を組み立てる工場の派遣仕事。ですが、元夫に支払いをするためにと私は夕方や土日はパチンコ屋でジュースを販売するアルバイトまで入れ、当時は毎日12時間も働いていました。

慣れないバイトは想像よりもきつい上、雄介さんと縁を切れたこと自体に未練はなくても、当時の価値観で考えるとやはり離婚したショックは尾を引いていて、どうにもネガティブな雰囲気がつきまとってしまうのです。

仕事仲間の輪に入れずに孤立状態に陥り、このまま長時間勤務を続けていたらどうにかなってしまうため、正社員募集に応募しても不採用ばかり。返済金はなかなか減る気配がありません。ただでさえそんな厳しい現実に押し潰されそうになっているのに、母は容赦なく私を罵倒してきます。

『お前は無能でクズ。特技も資格もない。だから正社員になれないんだ。だから周囲から可愛がられないんだ。だから離婚したんだ』とひどい言葉を投げつけられ、私のメンタルは弱っていきました。

『離婚した女は傷物だから再婚できない。もし再婚できても子持ちか婚期を逃した年の離れた男性しか嫁のもらい手がない』母はよくよくそう口にしました。どうしようもなく苦しい気持ちを、直接私にぶつけなければ、母もやるせなかったのでしょう。

日常的におとしめられ、自信もなくなり、雰囲気はどんどん暗くなり負のオーラが漂い……私もまた悪循環におちいっていました。あの頃の陰気で元気のない私を思い出すと、確かにどこも正社員としては雇わないだろうなと、今は思います。

このままでは良くないと気持ちを落ち着かせ、前向きになろうと心がけても、いつも母が足を引っ張ってきます。毎日毎日罵倒されるのでその度にポジティブに考えようとする気力がしぼんでしまう。だからずっと陰気な雰囲気から抜け出せずにいました。

そんな状態に加えて雄介さんへの支払いも苦しいので、時々返済日なのに送金できないこともあったのです。すると彼から容赦なしに取り立ての電話がかかってきました。

「なめた真似するんじゃねえ、俺は鬼頭組（ヤクザの組名）に知り合いがいるんだぞ！証拠を残さずにお前の実家に火をつけることもお前ら家族を丸ごとそこの土地に住めないようにすることだってできるんだからな！」

そんなふうに脅されて私は震え上がりました。どうせ嘘に決まっている。雄介さんはいつもそうやって人を脅迫して都合のいいようにコントロールしてきたのだから。そう思いはすれども、『でももし本当だったら……』という不安が拭い切れずにいました。

私だけがひどい目に遭うならまだ我慢はできるでしょう。ですが、もし私の家族に何かあったらと思うと、どうせ嘘なのだから放っておいていいとは到底切り捨てられませんでした。その万が一のために私は、仕方なく彼に送金をし続けたのです。しかし、お金を払っていてもつきまとう不安は時間が経てば経つほど絶望感へと変わっていきました。

『ああもう死んでしまいたい。神様、今夜私が眠ったら、そのまま心臓を止めて明日私を目覚めさせることもなく死なせてください』

毎晩毎晩そんな悲しいお願いをしながら眠っていたのです。ですが神様は私の願いを叶えてくれることなく、朝になったら私は目が覚めてしまいました。

『ああ神様、どうして私のこんなちっぽけなお願いすら聞いてくれないの……』

心底がっかりしながら、のろのろと寝床から抜け出て支度をし始めます。そして、またつまらない、ただ働いて稼いだお金を雄介さんに差し出すだけの、ロボットも同然な一日が始まるのです……。

また、ある晩にはいつものように神様に心臓を止めてくださいとお願いをして眠りについたまでは良かったのですが、一向に寝つけないということがありました。……私は何のために生きているのだろうかと、悶々と考えながらふとよぎるのはこんな現実だけでした。『今私には何もない。もう若くもないし大して美人でもない。頭も良くなければ才能もない。学歴もなく資格すらない。おまけに仕事もバイトと派遣。だからいつクビになるかも分からない。なのにのしかかってくる莫大な迷惑料……これからどうやって生きていったらいいのか……』

眠ろうと目をつむっていても、どうしてもそのことが頭から離れませんでした。長時間労働で身体はくたくた、睡眠を通り越して気絶していてもおかしくないくらいなのに。

やがて仕方なしに起きたものの、目を開けているはずなのに何も見えないのです。耳も何の異常もないはずが一切の音がしません。私は『この暗闇はまるで私の心の中だ』と思いました。人も他の動物も存在せず、自分だけがこの暗闇の中に放り込まれたような錯覚を起こしたのです。

『私はもう一生、こんな暗闇の世界から抜け出せないのだろうか？』
『なんで私ばっかりこんな目に遭わなくちゃいけないの？』
『こんなことをするためにあんなに苦労して離婚したの？』

私は自分に対する情けなさと悲しさで胸が張り裂けそうになりました。そして、先程と同じように『今の自分にないもの』や『自分に足りないもの』を思い浮かべながら一人静かに嗚咽を漏らしたのです。ですが、ひたすら泣いて泣いて泣き疲れたときに、ふと『今の私は何を持っているの？　何があるの？』と逆に考えてみました。ですが、何も思いつくことはなかったのです。そして数十分が経って、ようやく思いついたのは『命がある』ということ。たったのそれだけでした。

そのとき、思わず私は笑ってしまいました。やっと出てきた答えが『命』なのです。だけどその『命』こそが一番大事なものだと思いました。

私は今生きている。これからも生きられる。生きていられる。当たり前に明日は来るし、未来が与えられている。それは当たり前のように感じるけど、すごいこと。生かされているっていうことそのものがとても尊くて、感謝の気持ちが湧いてきました。すると、堰を切ったようについさっきまで思い浮かばなかったはずの『私が持っているもの』が次々よぎるのです。

『五体満足な身体を持っている』
『戦争のない平和な国に生きている』
『一日三食、ご飯を食べられる』
『水道を捻ると水が出る。安全な水が飲める』
『家に屋根があって温かい布団で毎日眠れる』

私は何一つ持っていないんだと落ち込んで、不幸面をしていた自分が恥ずかしくなりました。もちろん日本人だったら大抵の人は同じだと分かっています。ですが世界的に見ればそうではないし、やりたいことがあっても色々な理由からそれがままならない人もいる。けれど私は返済金まみれになってでも奴隷のようなあの暮らしから、自由を勝ち取りました。上手くいかないことばかりで苦しくても自分の人生を自分の足で歩いていけるのです。

今ある幸せに感謝しながら生きると、自分が幸せだということに気付く。

（なんだ、私って世界で一番不幸じゃないじゃん）
（むしろ、私ってこんなにも恵まれているじゃん）
（よっしゃー、頑張るぞー！　なんだかよく分からないけどっ）

それは単なる開き直りだったのかもしれません。ですが自らの境遇を幸せだと思うか不幸だと思うかは全部、自分の気の持ちようなだけなのです。数時間前の私ときたらしょんぼりしていたのに、そんなふうに思い直してからは、前向きな気持ちと元気で一杯になっていました。やる気がモリモリと湧いてきます。お陰で、その晩は久々にぐっすりと眠ることができたのです。

自らの境遇を幸せだと思うか不幸と思うかは、自分の気の持ちようなだけ。

そんな出来事をきっかけにして、あらゆる物事の捉え方や見方が変化し、それどころか自分の殻を破るような感覚すらも味わいました。私はこの瞬間、初めて『広い視点で物事を見る』思考になれたと思います（これを「俯瞰《ふかん》と言います）。

これまでずっと私の視点でしか状況を見れていなかったのに、相手の視点に立って考えたり、広い世界を遥か上空から見るかのように物事を客観視できるようになりました。『できる』という表現は正確ではないのかもしれませんが、それを心がけることにしたのは確かでした。今までの私は視野や考えがとても狭くて、小さな世界に閉じこもっていたのだと思います。何をしても独りよがりで大した努力もせず、自分が不幸というのを人のせいにしてばかりでした。そのほうがずっと楽だからです。

だから、人の気持ちなり相手の立場なりを考えることもせずにいたのでしょう。もちろん、周りの人に嫌われたくないとは思うのですが、相手の気持ちが想像できないので、どうしたら良く立ち回れるのか見当もつきませんでした。

いつも自信がなく、親や夫の言いなりになってばかりで主体性がなかったのです。あまりたくさんのことに目を向けることもしなかったせいで、殻にこもり、これまで欲しいものも手に入らなかったのです。離婚問題のときに拗《こじ》れに拗れたのも、私の『情報不足・ご縁不足・見立ての甘さ』が原因だったと思います。ですが、ここにきて初めて私は違う角度から自分を見つめることができました。

俯瞰という能力を高められれば、自ずと情報もたくさんキャッチできるでしょう。その結果、人間関係も良好にできるに違いありません。そして小さなことでも積み重ねていければ成功体験も増えて、自分に自信がついたらダメな部分を肯定し、信頼できるようになります。そうすれば自分の人生を他人任せにすることなく自力で頑張ろう、絶対諦めないで何とかしようと思えるのではないでしょうか。

俯瞰すると、たくさんの情報をキャッチでき、様々な見解を理解できるようになる。

しかし明るい気持ちになれたのは私の心の中だけで、現実は昨日までと全然変わっていません。とはいえ私自身はもう昨日までの私ではないのです。だから、これからどうすればいいだろうと前向きに考えた末に、『ただ、自分にできることをやろう』と決めました。だって、どれだけ考えても私に特別なことはできないのです。それなら自分にできることをやる。精一杯やる。今の私にはたったそれだけしかないから……。

「精いっぱい、目の前のことをやり抜く」ことは、どんな人でもできる。

変わりたいと本気で思った私がまず取りかかったのは、『笑顔を浮かべる』『挨拶をきちんとする』ということでした。ただ無理やりに明るく振舞うのではありません。人に会ったら「おはようございます」と先に笑顔で挨拶をしようと決心したのです。

これまで私は、陰気な顔が周囲の人をどれだけ不快にするかも知らず、母からの罵声や雄介さんからの脅迫、先の見えない未来を憂いて暗い表情のまま生きていました。だから笑顔で挨拶をするということすらも、私にはとてつもなく難しいことだったのです。本音を言えば心から笑うことはできなかったですし、笑顔の浮かべ方がよく分からなくなってもいました。ですが『陰気な顔は周囲の人まで暗くする、陽気な顔は周囲の人まで明るくする』と気づいたのです。

まず鏡へ向かって何度も何度も「おはようございます」と言いながら、明るい笑顔を浮かべる練習をしました。その翌朝から、頑張って出会った人に挨拶してみたのです。皆が皆、最初は不思議そうな顔をして恐る恐る挨拶を返してくれます。そういう反応も仕方がありません。なぜなら、昨日までは目も合わさずそそくさと立ち去っていましたから。

それでもめげずに私が挨拶を続けて、数日が経つ頃には、前は戸惑っていた人たちも徐々に自然な雰囲気で挨拶を返してくれるようになり、やがてその挨拶の輪はどんどん広がっていきました。たかが挨拶、されど挨拶です。中には、「芙由美ちゃん、今日も元気に挨拶してくれるね」と褒めてくれる人までいました。

『本当は全然元気じゃないんです。いつも泣きたいくらいなんです。楽しいから笑っているんじゃないんです。笑うことで、自分自身を励ましているだけなんです。笑ったらだんだん寂しい気持ちが薄れてくるんです。だから、笑うんです』

心の中でそう本音を零しながらもそれを胸の中にそっとしまって、私は「ありがとうございます」とにっこり笑ってお礼を言いました。

幸福だから笑うのではない、笑うから幸福なのだ。

アズイフの法則

パチンコ店でのジュース販売でも同じようにやってみました。その仕事内容は店内を一列一列順番に歩きながら玉が出て儲かっているお客様に「ジュースはいかがですか？」と声をかけて注文を取り、お届けするものでした。

コツコツ声をかけていけば自然と売り上げは伸びていきますが、1人仕事なのでオーナーにバレないようにサボるお姉さんが多かったようです。そんな人たちを尻目に私は真面目なやり方で店の中を回りました。お客様に声かけをするときは必ず相手の目線までしゃがみ込み、まっすぐ目を見て話すようにして、当然笑顔で明るい接客も心がけました。ちゃんと相手の気持ちになってみる、そして相手と同じ目線で会話をする。それを私なりに実践してみた結果です。更に常連さんの顔を覚えて、積極的にコミュニケーションを取るようにもしました。彼らの好みを把握すれば自ずと効率も上がる上に、気配りを評価してもらえたなら万々歳です。

そうしてやり方を変えて、しばらく経ったある日のこと。いかつい顔をしたおじさんに私は「姉ちゃん、カプチーノ持ってきてくれ」という注文をされました。ところが「えっ、そういうのはメニューにありません」と私が返した通り、そこのジュース販売にカプチーノの文字は存在しませんでした。私の返事を聞いたおじさんは「ちぇっ、なんだよ。1号店の姉ちゃんなら作ってくれるぞ」というふうに吐き捨てたのです。

普通だったら、無理な注文をされた挙句にぐちぐちと言われて腹が立つところでしょう。ですが、私の脳内に思い浮かぶのは「悔しい……」という感想でした。1号店も材料は同じはずなので、他の子が作れるなら私に作れないはずがありません。早速1号店に出向いた私はそのお姉ちゃんに作り方を教わってきました。『カプチーノ』と言っていましたがそれは1号店の姉ちゃんがいかつい顔をしたおじさんの為だけに作り出した『カプチーノもどき』の裏メニューでした。下段がコーヒー、上段がポーションミルクの2層構造。普通はミルクを垂らすとコーヒーに混ざり合いますが、『カプチーノもどき』はコーヒーとミルクが2層になるように工夫されていました。私は何度も何度も練習しました。当然ながら、同じ注文が来るかどうかは分かりません。それでもできるに越したことはありませんし、意地になっていたところもあったのかなとも思います。

やがてリベンジの機会が訪れたのです。例のいかつい顔をしたおじさんから改めてカプチーノの注文が入ったのです。私は教わったことをちゃんと覚えていて、問題なく対応することができました。

「はい、カプチーノお待たせしました」

「……うむ、よかろう」

おじさんが美味しそうにカプチーノもどきをすする様子を見つめ、私は達成感で一杯になります。その後もこのおじさんは太客になってくれ、調子が良くて儲かっているときには周囲の人に対してもおごるため必ず大口注文をしてくれるように。それが評判を呼んだのか否か、だんだんと私にはファンや他の太客もたくさんつくようになって、コーヒーの売り上げはいつもトップを記録することになったのです。

また、それとは別に昼間勤めている電子部品工場でも効率よく仕事をこなすことを心がけていました。仕事をするペースがいい感じのところで安定すれば、気持ちも落ち着いて余裕ができるので明るく振舞えるようになって友人も徐々に増えていったのです。

「楽しい！！」

心の底からそう思えるようにもなりました。周りの人と冗談を言ってふざけ合って、皆の輪の中でも無理せずに大笑いできる日が来るなんて思いもよらず……少し不思議でふわふわした心地良さを感じられます。

「生きてるって、楽しい」

「心から笑えるのがこんなに嬉しいとは思わなかった」

「このままずっとこの場所にいたい」

「このまま気の合った仲間に囲まれながら永遠に働いていていたい」

「これから私を正社員として雇ってくれればいいのに」

残念なことに私のそんなささやかな願いは叶いませんでした。無事に繁忙期を乗り越えると、派遣契約が終了になってしまいました。スカウトされることを期待していた派遣仲間は誰も採用されず、全員散り散りに。楽しかったあの時間は戻ってきませんでした。

「あーあ、やっぱり派遣はダメだ。あてにはならないなあ」

ここにきて浮き草稼業の不安定さが身に染みました。

その一方で、パチンコ屋のジュース販売の仕事では社長夫婦に大層可愛がってもらえて、何か起きる度に「芙由美は不器用。けれど真面目で嘘がない」と褒めてくれたのです。私のことを理解し、励ましてくれる存在がいると実感して、そして、そのお陰で私は救われたのだと本気で思っています。

人は他人にどう扱われるかによって変わる。

母や雄介さんの罵声が私をネガティブかつ無気力な性格にゆがめたように、人間は他人にどう扱われるかによって変わってくるのです。

更に社長は何度も「君に教育係、そして経理を任せたい。俺の右腕になってくれ。若い子たちの親分になってほしい」と誘ってくれました。そこまで言うくらい認められたのはありがたかったのですが、そこの会社が社会保険に未加入の個人事業主なのもあって、社会保険と厚生年金がなく、待遇的にはバイトになってしまうのがネックで、どうしても骨を埋める気にはなれませんでした。

こちらはこちらで楽しい環境ではあったと思うのですが、どうにも自分の気持ちがしっくりこないのを感じていました。実際は本当に働きたいと思える仕事ではなかったのでしょうね。

「やっぱり、何か資格を持っていないとダメだ」

そう思い、考えついたのがパソコンの検定試験を受けることでした。ろくにパソコンが使えず、文字入力すらもおぼつかないというのは致命的です。事務の仕事に限らず、例えば販売業にしても生産業にしてもパソコンを使って作業日報を提出したり、備品の注文をするなど大なり小なりの仕事があるはずだと思いました。

またそれらのことができないというのは、応募をしてもその手の仕事には採用されにくいことを意味しています。とにかく頑張って正社員にならなくてはという一心でパソコン教室に通うことにしました。その授業料もかなりのものなので、元々お金もないのに強引に捻出していくしかありませんでした。

「パソコンなんて一生ご縁がないものを習うなんて、お金をドブに捨てるようなもの。夢みたいなこと言って、あんたバカみたいね」

なんと母は雄介さんと同じようなことを言って、私をおとしめてきました。私は「この時代遅れめ！！」と思いっきり叫びたかったです。尊厳を踏みにじられるのも同然の言葉を母から投げつけられて、私は内心ではらわたが煮えくり返る気持ちでした。

が、絶対広く普及することになるという確信があったので、怒りを収めて、静かに闘志を燃やしたのです。実際に今、私はパソコンを使用してこの原稿を書いているので母のこの予言は大外れでした。


しかしながら、パソコン教室に通うようになったからといって、急に上達するわけもありません。教室に通っているのだから、いつか上手くなれるはずだと習うこと自体に満足しているようでは結局、大した成果もないままでしょう。

初心者の私は、「キーボードを見てください」と言われて、「先生、キーボードってキーはどこにあるんですか？」と質問したり、「先生、マウスの矢印がどこかに行ってしまって見つかりません」や「ダブルクリックができません」など、今にして振り返るとつい笑ってしまうくらいのダメっぷりで、操作に手間取るため、練習以前の問題に苦しめられていました。高い授業料がそんな初歩中の初歩で消えてしまい、とても情けなくなります。

毎日、パソコン入力の練習をしたいと思うも、私にはパソコンを買うお金もありません。だからパソコンに触れるのは教室にいられる時間だけです。先生に相談すると「ブラインドタッチを習得するには最低でも1ヶ月はかかりますね。普通だと半年くらいかかります」との返事。そんなのは困る、それだと間に合わない、どうしたら毎日練習できるんだ……と私は途方に暮れます。

そこで諦めては何も変わらないと必死に考えた末に、キー配列が印刷された紙をいつも持ち歩き、隙間時間を見つけては指にその並びを覚えさせる、という作戦を取りました。もうそれしかない、できることはそれしかない、と『精いっぱい、目の前のことをやり抜く』思考になっていたのです。寒い駅のホームで電車を待つ間、かじかむ手に息を吹きかけながらタッチキーの練習をしました。

「小指は、あ、のA。ＡＡＡＡ」

「中指は、え、のE。ＥＥＥＥ」

懸命に努力するその一方で、『こんなことで本当に大丈夫なんだろうか？　こんなことをしていて本当に意味があるんだろうか？　一生懸命頑張っても、全部無駄に終わってしまうんじゃないだろうか？』と不安になったこともありました。でもその度に『いやいや、何も考えずに頑張ろう。やってみなければ、分からない。だから、とにかくやってみよう。先のことは後で考えたらいい。今の私は自由なんだ。今を精一杯生きよう』……そうやって不安な気持ちを吹き飛ばして、練習し続けることにしたのです。

とはいえ、ふと冷静に自分を客観視してみると『私はいつも母に心を乱されている』ことに気づきました。……多分、彼女はずっと心の病を抱えていたのだと思います。

そして私は、そんな母のネガティブな感情に振り回されていたのでしょう。雄介さんに愚痴を言われたら嫌な気分になったように、引きずられてしまったからこそ私も暗い雰囲気から抜け出せず、悪影響を受けて、人生の何もかもが上手くいかないのです。

これは責任転嫁ではなく、私が母に似てネガティブな気質なのと、自信や主体性のなさが完全に抜けたわけではないことが大きいからだと感じました。なので、このまま一緒にいたら共倒れになり、私も母と同じような人生を歩むことになるのかもしれません。

人間はネガティブなことばかりを考え続けると、その手の思考回路が発達してしまって、ポジティブなほうは消えるのだと聞いたことがあります。

ネガティブな虫の侵入を防ぐには意図的に『ポジティブなことや楽しいこと、嬉しいことにいい気分になれること』等を想像する時間を用意して、ネガティブ一辺倒にならないようにすればいいらしいので、私もすぐに実践してみました。

まず、母とはあまり関わらないように努めました。もし仮に罵倒されたとしても、いちいち反応しないようにと私自身を懸命にコントロールしたのです。

私は彼女に『ダメな奴』と侮辱されたのがたまらなく悔しかったのですが、それは紛れもない事実なのです。悔しくて心が反応するということは、無意識に自分自身もそう思っている証拠なのでしょう。自覚はしていなかったけれど気にしていたダメな自分を認めて「そうですよ、私はそんなダメな人間ですよー、でもそんな私だっていいじゃん」と開き直ったら、随分楽になりました。

それから毎朝少し早く起きて、公園を散歩しました。早朝特有のひんやりした空気感が私を包んで心を鎮めてくれるのです。

また、車の運転をするときにはお気に入りの音楽を聴き、心を慰め、活力をもらいました。無事仕事が終わって帰ってきたら、ホッと一息をつきながら好きなお菓子を食べますし、お風呂でリラックスして『ああ気持ちいい、楽しい、嬉しい』の気持ちを私の脳と細胞に注ぐのです。

数少ない休みの日には、図書館で感動的な映画を観るようにもしました。行ったことのない国の物語を知ると、世界が広がったように思えて気分が良くなります。きっとその気持ち良さは細胞にまで伝わり、本当に心身を落ち着かせてくれるのです。

仕事が終わっても帰る家があり、疲れたら布団で眠れるしお風呂にも入れる、そういう当たり前のことが「ありがたいな」と思えるようになっていきました。

その些細な出来事一つひとつに感謝し、噛み締める生活をしているうちに私の心はみるみる元気に変化し、やがてこれまで心の底に沈んでいたあるものが浮かび上がってきたのです。

……それは離婚するときに舅が口走ったあの言葉でした。

あの日の「迷惑料を背負ったら芙由美ちゃんが再婚できなくなる」と姑が言い、それに対して舅が「そんなこと知ったこっちゃない」と吐き捨てた場面です。

なぜ、舅はあんなことを言ったのでしょう。どうして須藤家は財産分与を拒否して、その上、私から迷惑料を搾り取るような真似をしたか不思議でなりません。……愛憎は表裏一体だと言います。いっそ嫌がらせしたくなるほど愛していたのでしょうか、それとも愛していたからあんなに憎んだのでしょうか。情があったなんてただの幻想でしかなく、お金が欲しかっただけかもしれません。

舅には最後の最後でお金をむしり取られて不幸の谷に突き落とされ、とてもショックだったけれど恨んではいません。いつも優しい顔をしていてもそれが全てではない、無条件に信じてはいけないと知ることができたのです。

そして、姑にはいつもいびられていて同居していた頃は嫌だったけど、舅とは逆に最後は私の身を案じる言葉を口にしてくれました。悪い面ばかりが見えていた人も全部が全部ダメなわけではないと、実感させられました。

人は非常事態になったときこそ本性をむき出しにする。

思い返したら私と私の周りの人は皆、自分のことしか考えていませんでした。雄介さんたちは、自分に都合のいい妻や嫁だったという点で私を気に入っていたでしょう。

そしてそうなった責任は私自身にあります。嫌なこともやりたくないこともそのほとんどを我慢して言いなりになったから。私は彼らに依存し、身を守るためにと向き合おうとしませんでした。その結果つけあがらせることになると気がつかずに。

元々、私は雄介さんたちと考え方もモラルも価値観も全て違っていたから、彼らに理解されずに悪者扱いまでされてしまったのです。

雄介さんも親も、私に「嫁は口を開くな」「お前さえ我慢をして言うことを聞いていれば、丸く収まる」と言いましたが、嫁の犠牲があるから幸せが成り立つなんておかしい。幸せは誰の犠牲もないから幸せなんだ。誰一人、犠牲になっちゃいけないと思う。


嫁の犠牲があるから幸せが成り立つなんておかしい。それならあんたが犠牲になれ！　幸せは誰の犠牲もないから幸せなんだ。


でもこういう考え方はもしかしたら、この先も誰からも理解されないかもしれない。そもそも誰にもわかってもらえなくても、そんなことは当たり前。

所詮は世の中なんてそういうものだと、けろっとしていればそれでいいのです。

他人に対する依存なんて捨ててしまえばいい。誰かの顔色をうかがい、一喜一憂しているようでは自分らしさすらなくなってしまうのですから。

例え、誰からも分かってもらえず、理不尽に扱われたとしても絶対に味方はいます。それは「絶対に自分を見てくれている人がいる」なんて綺麗事ではなく『自分自身』のこと。自分自身だけは自分を理解し味方になって励まし、応援し続けることができます。そうして人に何を言われようとも諦めずに努力し続ければ、必ず結果が表れることを私は知っています。まさに離婚がその最たる例でした。周囲の人も警察も家庭裁判所の役人も皆「離婚できない」と言っていたのに、私だけは自分を信じ諦めきれずやり続けたからこそ、お金を払う羽目にはなりましたが離婚できたのです。

これからは強くなって、他人に依存して生きるのはやめることにしました。自分の人生は私自身が決めて、私の思う通りに進めるのです。

誰も信じなくても自分だけは自分を信じる。

やがて数ヶ月が経ち、私は『日本語ワープロ検定3級』の合格賞状を抱きしめながら、大喜びしました。しかし、私が今この資格を取得しても地球が変化するわけがないのはもちろん、生活環境が激変したりもせず、相も変わらずバイトをしてどうにか食いつなぐ毎日を送っていました。

それでも私は吹っ切れて清々しい気持ちです。……今までこれほど夢中になって物事に打ち込んだことはありませんでしたし、やり遂げた喜び、己の殻を破った達成感でこれ以上もなく満たされていました。今振り返ってみるとそれは初めての『成功体験』でした。そういった小さくても確かな一歩を積み重ねて、スキルが高まったり、己を信じる気持ちや逆境を乗り越える力がついてきたのだと思います。すると、「私はダメ人間じゃない。今目の前にある仕事に感謝しながら精一杯やればきっと何かが変わる」とそんな予感がしました。

それ以降は、起こってもいない悪い未来を想像して勝手に落ち込まないようになったのです。そして代わりに根拠のない自信にあふれていたので、「大丈夫、私さえしっかりしていればきっと何とかなる。だから私は私自身の可能性と明るい未来を信じている」と無条件に考えることができました。

何か特別なことをしなくていいのです。ご利益のある神社にお参りをしたり、パワーストーンのブレスレットを身に着けたり、特別な行動はしなくても『感謝』『俯瞰』『精いっぱい目の前のことをやり抜く』『諦めない』『信じる』といった精神を持ちただ謙虚に生活していればきっといつか、人生は好転するはずだとそう思えました。

それからもコツコツと地道にバイトを続けながらも、まめにハローワークや求人雑誌をチェックして、自分にできて、かつやりたい仕事、正社員の条件に当てはまるものがないか探し続けました。そして数ヶ月が経ったとき、ある求人雑誌に掲載されていたキーパンチャー（データ入力をする仕事で現在はデータエントリーやデータ入力オペレーターなどの呼び名もあります）の派遣社員の募集が目につきました。それを見て「これならできるんじゃないか」とピンとくるものがあったのです。しかも募集をかけているのは以前お世話になったことがある派遣会社で、幸運なことに担当者も私と知り合いでした。

私は早速、担当者に電話をし、そのままとんとん拍子で面接となりました。ちなみに後で知ったことなのですが、私の人となりを見知ったその人は他に応募してきた人をシャットアウトして、私だけ面接させてくれたのだそうです。実際にいざ面接にのぞんでみたらワープロ検定の級を持っているということで派遣社員として無事採用されることに。あくまで派遣社員の扱いではありましたが、母に一笑に付されてしまったワープロ検定の資格が決め手になったことで、私は人生の潮目が変わり始めたことを実感しました。それに気持ちを切り替えて、力強く前向きなオーラを放っているがために人も幸運も引き寄せられている気がしてなりません。

私は精一杯の笑顔を浮かべながら、骨身を惜しまずに働きました。働かせてもらえることそのものに感謝していれば、自然と無心にもなれるのです。そして数ヶ月が経った頃にはその頑張りが認められて、「派遣ではなく、うちの正社員になりませんか？」と誘われてやっとバイト三昧の日々を脱出できたのでした。

そのときの私は嬉しくて嬉しくて、自分の心を抑えることができませんでした。ようやくの正社員雇用には家族も喜んでくれました。生活が落ち着いたこともあってか、そのうち縁談の話が来ることもありましたが、私は迷惑料の支払いが重くのしかかっているので結婚する気にはなれずにいたのでした。だってお金を払いきる頃には私は40歳を超えているのです。その後、再婚したとしてももう子どもは望めないことでしょう。今ではその年齢になっても出産できている人を時折見かけるものの、当時は絶対に産めないと思っていたのです。姑にも子どもができないことで色々と言われていたくらいですから若くなければならない、という価値観が根付いてもいました。

だからこの先どんな人生になったとしても私は構わないと思えました。ずっと身体が丈夫でいられたら、いつかお金は返し終わるのです。もし再婚できなくても子どもが存在しない人生でも「それでいいじゃないか」と思えます。結局、幸せの形は人それぞれで、自ら選んだ道を歩むことこそが一番なのですから。

現在は自由に物事を考えることもできるし、行動も可能です。花なり夕焼けなりを見て感動できたり、人とお喋りをして笑い合えたり……自分にできる仕事をして精一杯働き、それで誰かの役に立ち、感謝もされることでしょう。もちろん私も誰かに感謝をしながら日々過ごしています。生きることと生かされていること、また働かせてもらえることと働く場所があること……その全てに満足できていました。どんな小さなことでもありがたくて、毎日がとても楽しいです。私自身が幸せだと思っているのならそれでいいじゃない、と見栄でも虚勢でも何でもなく言えました。

幸せの形なんて人それぞれで、自らが選んだ道を歩むことこそが1番幸せなことである。自分自身が自分を幸せだと思っているのならそれでいい。

そんなふうに小さな幸せを噛み締めていたある日のことです。偶然家にいた私は母に「洗濯物が乾かないからコインランドリーに行ってきて」と頼まれました。洗濯物が乾くまで何の気なしに店内のフリーペーパーを眺めてみます。そのとき不意に目についたのはお見合いパーティーの案内で「たまにはこういうのもいいかもね」と日程を見てみると私も参加できる日が１日だけありました。なので、これも何かの縁だろうと思い、軽い気持ちで申し込みしてみたのです。

ウキウキしているうちにその日を迎え、私は会場に向かいました。化粧室でざっと身なりを整えていたところ、見るからに私と同じような婚活パーティーに参加するらしき女性らと出くわしたのです。若くて綺麗な彼女たちはいかにも高級そうな服装で、かつ指輪やネックレスなどの装飾品を身に着け、気合い充分といった雰囲気を醸《かも》し出しながら念入りに化粧を直していました。

まるで『獲物を狙う虎』のようです。絶対に手ぶらで帰らないと言わんばかりの気迫が伝わってきました。そんな彼女たちに引き換え、私は指輪もネックレスも着けておらず、華がない姿だったので一瞬、気が引けてしまいます。しかし「ま、いいか。今日は本気じゃないしね。普通にお喋りをして楽しもう」とすぐに気持ちを切り替えました。

そういう自然体なところがむしろ良かったのかもしれません。まもなく始まったお見合いパーティーで私はなんとダントツの人気者になりました。10対10の形式だったのですが、その参加男性皆が私に票を入れたのです。そして順に組んでは話をするものの、どうにもしっくりくる人はおらず、ついに終わり間近。最後には紀一《のりかず》と書いて『きいち』という、あだ名の男性とカップルになりました。

私が好みとしている男性の顔はさっぱりとしたもの。濃い印象を受ける彼の顔は正直なところ、タイプではありませんでした。ですが、いざ話してみると一緒にいても全く緊張しない、楽でいられる人だったので、顔が好みではないことくらいどうでも良くなっていったのです。

まじまじと見ると目がくりくりしているし、感情表現も豊かで可愛らしいと思えました。名前も長男ではないのに紀一というのも面白かったです。それに『きいち』というあだ名も好きでした。

票を入れてくれていましたが、実際にカップルになってみても相性がいいと思ったようで、終わった後も少し話をしようということになり、私たちはファミレスに移動。パーティーの高揚を残したまま楽しみつつ喋り、気がつけば4時間もの時間が経過していました。

私はきいちにどうして私を選んだか、聞いてみました。彼の返答は「優しそうな人だったから」と言うので、『ああ、やっぱりこの人も私がおとなしくて自分に都合のいいように尽くしてくれる女性が好きなんだ』と思いました。しかし、彼の言葉には続きがありました。

「優しそうな人だけど、芯があると思った。優しくておとなしい人は他にもいる。でも、おとなしくて男性に従うだけの人は物足りない」と言ってくれたのです。その言葉を聞いて『この人は大丈夫な人だ』と私は思いました。

そのあと、会話の流れで「ストレスの解消法は？」という話題になったのですが、きいちの答えは「トランペットを吹くこと」とのことでした。彼は高校生のときには吹奏楽部とのことで、現在でもトランペットを吹くことを趣味にしているのだとか。

私は彼がそうしている様子を思い浮かべました。トランペットの華やかでまっすぐな音色はとても美しくて、その音を聴くだけでも心が洗われるのではないかと思います。また吹くという行為は呼吸機能を高め、いい運動やストレス発散にもなりそうでした。

「嫌なことがあると車に乗って、人のいない空き地まで行くんだ。車の中で時間を忘れて思いっきりトランペットを吹くと心の中の嫌なことがすぐ消えていくよ」

ときいちは少年のような可愛らしい笑顔で話します。なのでこちらも同じ話題をということで「私は喫茶店で友達とお喋りするかな。愚痴を聞いてもらうだけでスッキリするよ。きいちさんは愚痴とか言わないの？」と質問したら、「僕は愚痴は……言わないかな」とぽつりと呟くように返したのです。

愚痴を聞かされると、聞かされた方はいい気持ちにはならないとは思うものの、愚痴は生理現象のようなものなので、ガス抜きは必要なはずです。なので、どうして愚痴を言わないのか不思議に思って、直接きいちに尋ねました。そうしたら彼からこんな返事が。

「うーん……強いて言うなら理由は二つ。愚痴を自分の耳に聞かせたくない。それと、自分自身も含めた大切な人を傷つけたくないから」

そんな話を聞いて私はピンときました。この人はちゃんと分かっている……ということがです。きっと誰かに教わったのではないし、苦い経験から学んだわけでもないでしょう。それでも本能的に分かっているに違いないと思いました。愚痴が毒になることを。

埋めたはずの毒をわざわざ掘り起こしたくない。録音してしまったかのようにこびりついてしまったそれを自分から流したくもない。愚痴が身体に悪いことも、それを自分自身と今目の前にいる大切な人に聞かせてしまって、汚したり傷つけたりするのがどんな結果をもたらすのかも彼はちゃんと分かっているのです。

かつての私が雄介さんに二者択一を迫られ、縁を切ってしまったレジチーフが口にしていた「相手を大切にする心はその仕草や行動に表れる」という持論をふと思い出しました。まさにその通りだと今ならうなずけます。

自分のモヤモヤを心にため込まない方法は、他人に聞いてもらう以外の方法もある。

（こんな最高な人に巡り会えて、嬉しいなあ！）

私は心の中で叫びました。こんなにも清々しい人に出逢えたこと、そしてお互いにいい印象を持てていることに私は大満足です。母にコインランドリーに行ってと頼まれて、たまたまフリーペーパーを見て参加しようと思いました。それは全て偶然であると同時に自分の意思でした行動でもあります。やっと正社員になれたかと思えば素敵な人に出逢えた。気の持ちようを変えたことで今までの辛い人生が嘘だったかのように、ちょっとずつちょっとずつ舞い込んでくる幸せ……そんな現実に胸が一杯でした。

別れ際には２日後にデートする約束もして、気分はウキウキです。素敵な出逢いに心が弾んで、この先始まるであろう恋の物語を想像しては、自然と顔がほころびます。

その翌々日、待ちに待ったデート当日がやってきました。無事落ち合ってデートを楽しみ、そろそろ帰らなければならない頃合いになります。次はどこに行こうと思いをはせていたらなんと、帰り際のこのタイミングでプロポーズされたのでした。

予想だにしていなかった展開に驚くのと同時に、「結婚ってこんなに簡単だっけ？」と拍子抜けしてしまいます。もちろん嬉しいことは確かなのですがどうしても気持ちが追いつかず、「だって、私たち土曜日に初めて会って、今日はまだ月曜日だよ、会ったの二回目だよ」と言ってもきいちは、「大丈夫」と返すのです。なのでこちらもちゃんと話さなければと考えて、「返済金がたくさんあるし、多分子どももできないよ」と教えても「それでもいい」とさっぱりした返事が来ました。私が自分の事情を伝えたからでしょうか、彼も自らのことを話し始めました。

「僕はバツイチで前妻に預けた娘がいる。もう子どもはいるからいいんだ。それに自分は次男だから、後継ぎはいなくても構わないよ」

私にとやかく言う筋合いがないのもありますが、そんな事情を知っても何も思いませんでした。むしろ、長男ではないと聞いてはいたものの、なぜ次男なのにこの名前なのか気になって後日聞いてみたら、神社でつけてもらったのだそうです。とそれはさておき、きいちはこうも続けます。

「お金を一緒に返していく覚悟はできた。お金がなくても何とかなるけど、ご縁は切れたらもう二度と繋がらない。だから今すぐ結婚しよう！」

そんな熱烈なプロポーズをされて、私は興奮するどころか、むしろ落ち着いた気持ちで『う〜ん、そうなんだ〜』とぼんやり思っていました。それは、一気に胸を迫り上がってくる嬉しさではなく、心の氷が音もなくゆっくりと溶けていく静かな喜びでした。

「子どもがいなくても芙由美ちゃんがいてくれたらそれでいいよ。無理しないで穏やかに、夫婦仲良く暮らしていこう」

それは奇しくも私が不妊治療を諦めたとき、雄介さんに言ってもらえたらなと思い描いていたもの。きいちの口からこぼれた言葉を聞いたその瞬間、自然とあふれ出た涙がスーッと私の頬を伝っていきます。そのとき抱いた感情はきっとどうしたって言い表せないものでした。

もちろん私はきいちからのプロポーズにうなずきました。そしてそんな幸せ気分の私に信じられない申し出がやってきたのです。

なんと雄介さんから電話がきて「もう送金しなくていい」と言われたのです。どういう風の吹き回しかと尋ねると「実は再婚することになった。親戚に女性を紹介してもらってとんとん拍子に話が進んだ。お腹に子どももいる」という答えが返ってきたのでした。

私は彼が再婚することより何より、雄介さんにすぐさま子どもができたことに衝撃を受けました。

「マラソンのやり過ぎで精子が少ないんじゃなかったの？」

「……確かに、お前といたときはそうだったと思う。だけど、俺ももう40近くになってきたから、だいぶ走る量も減らして無理のないようにしていたんだ」

その話を聞いて、『やっぱり！』と思わずにはいられなかったです。若い頃はできなかったのに今、あっさりできるなら多分そういうことなのでしょう。

あのとき私の話をちゃんと聞いてくれていたら、１人で痛む身体を引きずりつつ電車に乗ったり、排卵がなくなるくらいまでボロボロになることもなかったのに、あの10年は何だったんだろうと気が抜けてしまいました。

あのとき不妊治療が上手くいなかったのが離婚の大きな要因になっていたので、雄介さんがマラソン活動を控えめにしてくれただけでも私の運命はまるで違っていた気がします。今更言っても仕方ないことですし、彼と別れられたことそのものはむしろ運が良くなるきっかけにもなりましたが……。

とてつもない徒労を感じつつも、私は「おめでとう」と声をかけました。彼は彼で良縁と、それから子宝にも恵まれたのです。私は私で今度こそ幸せになれたので、その余裕から素直に祝福する言葉がこぼれました。

ただ一つ疑問に感じていたことがあったので、もののついでに聞いてみます。

「でも、どうしてそれで迷惑料がチャラになるの？」

「それはな……前の嫁さんに金をもらっていることがバレると体裁が悪いからだ」

支払いをやめたら縁が切れるような関係だからか、雄介さんは開けっぴろげに話しました。しかしそう答えることはつまり、自分でもやましいお金であるとよく分かっている証拠です。

結局はいつまで経っても自分の保身ばかり、とがっかりしました。そう言うなら今後の送金を免除するだけではなくて、これまでに私から搾取してきたお金を全額返せ、と一瞬思ってしまったくらいです。

そう思いはすれど、ただそれ以上に『もうどうでもいいや、どうぞお幸せに……』と呆れ返る気持ちが強く、そのまま黙っていました。やぶ蛇をつついて免除を撤回されても、それはそれで面倒なのも大きかったです。

「そっちはどうなんだ？」

雄介さんが自分の近況を話したので、今度はこちらに水を向けてきました。私としてもこれ以上彼の話を聞いても仕方がなかったため、私も素直に近々再婚する予定なのを報告。

雄介さんは「どうせ芙由美は傷物だから嫁のもらい手もいないだろう」とたかをくくっていたようで、それを聞いてちょっとがっかりしたみたいな声を出しました。

しかし、子どもはいないと聞くと、意気揚々とマウントを取ってきます。なので私もムッとして「子どもはできないかもしれないけど、夫婦で仲良く寄り添って生きていくから別にいい」と言い返しました。

とはいえ、それは雄介さんにとっては負け犬の遠吠えのように聞こえたらしく、自分のほうが私よりも幸福であることを再認識し満足したみたいで、機嫌良く電話を切りました。

私は結局何も変わっていなかった彼のことはどうでもよくなくなり、ただ送金がなくなったことにはホッとしました。

34歳の誕生日。私は花嫁姿となり、きいちの隣に並びました。今度こそ最高に美しい花嫁になれて、それ以降も幸せに暮らしたのです。

……と、もしこれがおとぎ話だったなら、ここで綺麗に物語は終わるところでしょう。ですがこれは現実にあった出来事なので、いつしか人生が幕を閉じるまでずっと続きます。結末までは描けませんが、ここからはその後の私が経験したあれやこれやを、もうちょっとだけ描いていきますね。

第6章 毒親とその子どもたちの末路

まず、私の実家について話したいと思います。

それはもし一言で表現するなら『毒親とその子どもたちの末路』と呼べるでしょう。

私の父親は長年に及んだ大量飲酒が災いして、私の再婚直後辺りにアルコール性認知症と診断されました。こんなふうに言ってしまうと実際にそういった体験をした人には怒られてしまうのかもしれませんが、単なるボケや徘徊だけだったらまだマシだったろうなと思ってしまいます。

というのも父は以前からしていた暴力が悪化。見境もなく母に暴力を振るったかと思いきや、「芙由美に腕時計を盗まれた」と物盗られ妄想にとらわれて、しまいには弟をめがけて出刃包丁を振りかざして襲撃。あと少しで弟は父に切りつけられるところでしたが、警察が駆けつけて弟の上に馬乗りになった父を引き離してくれて九死に一生を得ました。

父のあまりの凶暴さには手の施しようもなかったために、10年間も窓に檻のついた施設に収容されて、そこを出られないままに亡くなったのです。

弟は元々、手先が器用なタイプで絵も上手でしたし、頭脳明晰でスポーツ万能、おまけにイケメンと神様がひいきしたかのような完璧な少年。そんな彼は高校受験で地元にある進学校に合格し、まさに順風満帆な人生を歩んでいたのですが……。

高校2年の文理分け時期に、母が「文系の大学より理系の大学の方が就職に有利だから理系に行け」と弟に指示。彼は元々文系タイプだったのに、理系クラスに入ったせいであっという間に落ちこぼれになってしまいました。

そこからはもう坂道を転がり落ちるように、悪いことばかりが起こるようになってしまったのです。

勉強がつまらなくなった彼は自暴自棄になり、遊びほうけるようになりました。落ちこぼれになったのを理系に進ませた母のせいにして荒れ果て、賭けマージャンをやったり、バイクを乗り回して停学処分を受けました。ますます成績は悪くなり、気付いた時には手のつけられないほど周囲から引き離されてしまったようです。完璧主義者だった彼は、1度の挫折でタガが外れたようでした。

挫折に慣れていない秀才は1度失敗すると立ち直れずに転落人生を歩んでしまう人もいる。

もしあの時、私か母か学校の先生か周りにいる人の誰かが弟の本質を見抜き、彼を最適な道に導いてくれていたら彼は道を踏み外さなかったと思います。

なぜ、弟は人生のターニングポイントの時期に必要な言葉をかけてくれる人に会えなかったのでしょう。

よく『人生は必要な時に必要な人と出会う』と言うけれど、私はそうは思いません。必要な人に出会うには、必要な人の波動（その人が発するエネルギー）と合わなければ出会うことができない、と思います。

波動といってピンとこないかもしれません。『ラジオのつまみを回して周波数をあわせる感じ』で理解できるかもしれません。もしくは『共鳴』と表現したらいいのかもしれません。

彼の心がどうだったのか、今となっては確かめようもありません。しかし、波動が低かったのは確かです。私も波動が低くて、彼を引き上げるだけの言葉を掛けてあげることはできませんでした。

もしかしたら、本当は彼を心配し助言してくれる人はいたかもしれないが、彼の波動が低く、それに気が付かなかった可能性もあります。

必要な人に出会うには必要な人の波動と合わなければ出会うことができない。

その後、弟は自分の浅はかさを後悔し、そのせいで自身の体調も悪化。その果てには不眠症を患いました。医者に通い、処方してもらった睡眠薬を飲んでいましたが、薬の副作用によってますます具合が悪くなってしまったのです。

大学受験も失敗。『稼げそうな職種』と思い、コンピューターの専門学校に通うもそのうちに辞めてしまいました。たしかに文理選択で間違えたのは痛い出来事ですが、全て母が悪いわけではありません。高校を卒業してから、やり直すチャンスはあったはずです。

どうにか就職しても仕事すら長続きせず、弟は転職を繰り返しました。「俺はこんなもんじゃない、一発当てて金持ちになる」というのが彼の口癖でいつもそう言って怪しい仕事や美味い投資話に乗ってはだまされて金・金・金と執着をすればするほど、泥沼に入っていったのです。お金ばかりに気を取られすぎたから本来の自分を見失い、良縁にも運気にも恵まれなかったのでしょうか。

学生時代は優等生でプライドも高かった彼は、いつしか汚い作業着に身をまとっての工場の流れ仕事で落ち着きました。優秀な息子に期待して、未来の成功をも信じていたのに、平凡な低所得者に成り下がった弟をあの親が温かく包んでくれるはずがありませんでした。

私が結婚し実家を離れ、子どもが弟１人だけになってしまったのも悪かったのでしょう。今度は彼が父親の暴力や母親のモラハラの被害を受けたのです。先に述べた通り父に出刃包丁で殺されそうになった弟は、上手くいかないことばかりの人生と情けない自分自身に失望したのでしょう。親への怒りと恨みの遺書を残し、32歳という若さながら首吊り自殺によって自らの生涯に幕を閉じました。

１人息子を喪ったことが決定打となって、家族は断絶する運命となったのです。

森の中で変わり果てた息子の姿を発見したのは母親でした。彼女は逆縁の不幸を背負い、現在でもその悲しみを忘れられないままです。神様は人間に思いつかない方法で残酷に最大の苦痛を今尚彼女に与えているのでしょう。だから、しばらくの間私は母をそっとしておきたいと思っています。

私は今、母に対して興味も関心もなく期待もせず淡々としています。傷つけられすぎた結果、母親に何の感情も湧きません。表面上、親子としての関係を保つだけで精いっぱいです。けれど私はどんなことがあっても母を絶対捨てないと決意しました。

理由は二つあります。一つは過去にどんなネグレクトを受けていたとしても、私をこの世に生み、育ててくれていた父母には感謝したいから。

そうでなければ私はきいちと結ばれることすらありませんでした。

父との結婚生活は喧嘩三昧でしたが、最後の最後まで離婚せずじまいです。それが両親の間に一欠片だけでも愛情が存在していた証だと信じたいと思いました。

私が覚えているのは罵詈雑言《ばりぞうごん》（汚い言葉で悪口を並べ立て罵ること）を浴びせかけてくる母の姿ばかりですが、私がまだ赤ちゃんだった頃の母は全然異なる印象の女性だったに違いないでしょう。おそらく今よりずっと気が弱く消極的な性格だったのではないか、と勝手に想像しています。

母は自身が不自由な身体の持ち主でした。子どもの頃、ポリオという伝染病にかかり左手が麻痺してしまった身体障碍者でした。

ちょっとしたことでも潰れてしまいそうなぽんと小さい赤ちゃんを目の前にしたときには、母は途方に暮れたかもしれません。ただでさえ子どもを育てることは大変な行為なのですから。

母が1人で赤ちゃんを背負うのも難しかったのが容易に想像できます。しかも当時は今程便利な時代ではないわけです。布でできたおむつはとても使いづらく、離乳食も売っていないので自分で作らなければなりませんでした。

父は父で、大工仕事が忙しくて家事にも育児にも非協力的です。私には想像も及ばないような努力をしながらなりふり構わずひたすら必死になって、小さい私と弟をちゃんと物心がつくまで育てたということは、説明されずとも察することができました。

私は何一つ覚えていないけれど、心から父母に愛され、満たされていた時代は確かに存在したのでしょう。だからこそ私は今ここまで生きてこられたのだと思うのです。なので人の何百倍も努力して私と弟を育てたであろう昔の母の苦労と愛に感謝し、私は彼女を捨てないと誓ったのでした。

どうにか生きてさえいれば、命さえもらえたなら、後は私自身の力で今ならどうにかできます。明日からいくらだってやり直せるはずです。ですがいくら頭が良くて運動神経も抜群で、絵が上手で手先も器用という完璧超人でも、死んでしまったらそこでもうおしまい。やり直すことは永遠にできないのです。私は弟の死を通して、命の重みを実感させられました。

そしてもう一つの理由は『現実から逃げたくない』という私自身の意地からくるものです。私がもしも弟の立場だったらあまりに過酷な生涯であることに絶望し、自殺するしかなかっただろうと思ってしまいますが、やはり自殺という形で逃げてはいけなかったとも感じました。薄っぺらい言い方をするなら弟は弱かったのでしょう。

弟の人生の後半は苦しみの連続でした。それでも私は、彼に「逃げないで！　諦めないで！　死なないで！」と言ってあげたかったです。もしかしたらそれは逆に重荷になってしまうかもしれませんが、自分を見ている人がいるのだと気づいて、希望を持ってくれたかもとも思うのです。

弟があの世から、「アネキ、俺みたいに人生から逃げるなよ」と言っているように感じているから。だから私は、何が起こっても死ななかったし、この先もそうするつもりはありません。そして母も死なせたりしない。私にできる精一杯の方法で彼女と共存していこうと思っています。

弟が亡くなり、父も亡くなって、１人きりになってしまった母と私は一緒に暮らしていません。なぜなら毒親の母ともしも同居したら、今度は私ときいちが毒されて心身を壊すことを弟が自らの生命で証明してくれたためです。

母を支えたいと思っていても、彼女に気力やポジティブな感情を奪い取られて、ダメになるのは避けたいのです。それに、無用な争いをしてエネルギーを消費するのもできれば拒みたいところ。

だからこそ私は母を引き取らない道を選択し、それで良かったのだと思っています。今は多様化の時代ですから尚のこと。他人に何を言われようが、自分で決めた道を貫きます。もし誰かに批判されたとしてもその人が私の人生に責任を取ってくれるわけがないので、いちいち気にしていられません。

ちなみに実家のお墓には今、父と弟が眠っています。そしてお墓を守っているのは私です。母が亡くなった後には墓じまいをして、３人を永代供養してもらえるように手配しました。

母は現在、ケアハウスで大勢の人と一緒に暮らしています。同居はしないほうがいいと判断した以上それが最善だと思い、保証人となって彼女を送り出した形になります。集団生活は何かと制約も多くて息苦しいだろうけど、少なくとも孤独になることはなく、健康観察もしてもらえるのがとてもありがたく感じました。母は何とか仲間と楽しく生活しているようです。

もう随分と歳は重ねてしまいましたが、母は『人と共存する修行』をずっと行っていくことになるのでしょう。それこそ母がいつか亡くなるまでに片づけなければならないテーマなのかもしれません。

そしてケアハウスの近くにあるアパートに今、私は暮らしています。時々母に電話をかけ、様子を見に行くことで安否確認をして、これからもつかず離れずの距離を保っていくつもりです。

若い頃、毒親だった母ですが、お婆さんになっても毒親は毒親のまま。彼女は、今だに独特の正義感を持ち、常に自分を正当化します。私からみたら彼女も自己愛性パーソナリティ障害と思います。

結局はひとりよがりなまま。人は変わろうと思えば、いつからだって変われる。でも、変わろうと思わなければ永遠に変わらない。

母は、変わらないということを受け入れつつ、静かに晩年を過ごさせてあげたい、私はただ、母に支配されたり影響を受けないで自分の人生を自分で静かに築いていけばいいのだ、という気持ちで見守っています。

私もいくぶん年を重ねてきたので、どうでもいいことは折れるようにしていますが、どうでもよくないことは折れないようにしています。

いまだに強い口調で「あんたの為を思って」と言いながら私を威嚇し丸め込もうとします。でも私は「絶対にいいなりにならない」と立ち向かい、それでも、あゆみよってあげようかなと、条件を出して折り合いをつけようとします。

しかし、それは母にとってデメリットなことらしく、母はしかたなくその場は意見をひっこめます。そしてまたほとぼりが冷めた頃、またしれっと同じことを私に強要する。でも私は、自分の心に背くことはしたくないのではねのける、という戦いを何年も繰り返しています。根負けしたほうが負けですが、絶対に負けません。

娘の為を思っているなら、自分の身をかえりみずやればいいのに、なぜやらない。結局は自分よがりなだけなのだな、と思います。人は自分が一番大切だから。

きいちには「もっと優しくしたら」と母との仲を心配されました。私は「優しくなんかしなくてもいいの。いざとなったら私が全部責任を取って面倒を見るんだから」と突き放したような言葉を彼に返します。母の性格上、優しくしたり感謝を伝えたりしたら絶対に図に乗るので口にしません。ですが、せめて心の中だけでも「産んでくれてありがとう」と呟いています。

きいちに出会う前にキーパンチャーの正社員として雇用された私ですが、紆余曲折を経て現在、とある分譲マンションの管理人に落ち着きました。午前中の3時間は清掃を、夕方の2時間は受け付けをして働いています。時々、新人管理人の育成研修のお役目をいただきながら日々充実の毎日を過ごしています。私からしたら『マンションの管理人』としてこの会社に採用され、この分譲マンションに勤務できたことは奇跡のようなことでした。

なぜなら、私の性格にぴったり合っていて自分のペースで行える1人仕事だからです。私は社交的ではないのでたくさんの人と関わる接客業より、ある程度決まった人を相手にするこのお仕事は気楽でした。私はコツコツ真面目に仕事をするタイプなので、黙々と自分のペースで掃除をする仕事は性に合っていました。

居住者様は私のことを理解してくださり、「いつもありがとう。たまには力を抜いて仕事すればいいんだよ」などと声をかけてくれるような心優しい方が多く、「ああ、人に愛されているってありがたい」と思えます。居住者様の顔を励みに日々頑張れる毎日です。

他人からしたら、平凡な職業と思われるでしょう。ですが、『どれだけ大きな仕事を成し遂げたか』という分かりやすい結果や実績はそれほど重要ではなく、『どんな気持ちで行っているのか』『どれだけ誠実に自分と人に向き合っているのか』こそが何より価値のあることだと私は思っています。

母は私が高校生だった頃に「銀行員か会計事務所に勤務を。人から羨ましがられるような仕事に就いていてほしい」と希望していました。

その夢は叶えてあげられませんでしたが、人にどう思われるか？　は私には関係ありません。自分がやりたいと感じ、実際にやれる、技量に合った仕事を楽しくできることが私の理想です。持ち味を最大限に発揮できるなら、それに越したことはありませんし、そのためには同僚や上司が理解者であってもほしい。

そして仕事を通してどんどん自己成長したいとも思います。もちろん謙虚さを忘れずに、居場所があることや誰かの役に立てること、関わった相手に心から感謝し、そんな経験で自分も幸せになれるといういい循環ができたら素敵でしょう。

給料が安くてもそこそこの生活ができるのであれば、それで満足できます。気楽でストレスなく働けるほうがもっと重要ではないでしょうか。

そんなありふれた人生でも、私が幸せと感じているのだからそれでいいと心から思えました。自分にしっくりくる仕事に就けていることはもしかして、私は過去に徳でも積んでいたのかも。そしてその結果として今の最良の仕事を与えられたことなのかな？　などと勝手に思っている今日この頃です。そして今が一番、幸せだとも感じています。

きいちは本当にとてもいい人でモラハラやＤＶとは無縁でした。父と母、元夫家族たちと日常的にその手の行為にさらされてきましたがここに来てやっと、殴られる心配のない世界で生きることができました。何か言われるんじゃないかといちいちビクビクしなくてもいいため、性格も昔よりもっと前向きになったと自認もしています。

きいちの両親も兄と姉も同様に、優しくて温かい人柄でした。舅は平凡な農家で社会的な地位も名誉もありませんが、ボランティアで民生委員を務めることで地域貢献している素晴らしい人です。私は舅のそんな心持ちを尊敬しました。金銭的なメリットがあるわけでもないのに、ボランティアができるなんてすごいなと心から思います。

もちろん、自分の全てを投げ打ってまで奉仕するのはよくないけれど、彼の恩送りの精神を見習って私ときいちもそれを大切にするように心がけています。

とはいえ時々、舅も毒親の顔になることもあり、「俺はこんなに地域のことをやっている、なのになんでうちのやつらは誰も俺を褒めないいんだ」と恩着せがましいことを言います。私は「義父さん、どんなに素晴らしいことをやっても見返りを求めるんなら台無し。

そんな下心が透けて見えるから家族は義父さんを褒めないいんじゃないんですか？」と言ってしまいました。「なんだと！」と怒られても不思議はないのですが、その逆で「そうか、そうか。わかったよ、今日は芙由美と、こんな話ができてよかったな、ハッハッハ」と笑い飛ばすような義父です。

見返りを求めるのは傲慢な証拠。どんなに素晴らしい行いをやっても下心があるなら台無し。

舅とそれを陰で支えている、控えめで静かながらもしっかり者という姑が私は大好きです。きいちの実家と離れた街に住む私たち夫婦ですが、関係はとても良好。姑は自分の息子や娘、嫁や孫といった親類の誕生日には毎年必ず丸い餅を作るようにしているとか。そして、それを田畑から収穫したお米や野菜、ご祝儀袋の３０００円と共に小包にして送ってくれるような、いつも周囲の人への気を配ってくれる優しい心の持ち主です。何より一番嬉しいのは、労りと感謝の言葉をしたためた手紙が添えてあることでしょう。

いつも優しくて静かな姑ですが、芯の通った人でもありました。

ここであるエピソードをご紹介しましょう。

結婚して10年程経った頃、私たちはマンションを購入する決断をしました。管理会社との契約も済み頭金も支払ったところで実母に報告すると、実母から猛反対をうけました。

「だめだよ。これから何が起こるかわからないんだ。地震が起きるかもしれないし、病気やケガで体を悪くしてローンを支払えなくなるかもしれない。そしたらお金はどうするの？　お金って大事なんだよ、大それたことをしちゃいけない。私はあんたの為を思って言っているんだからね。私はあんたより長く生きていて経験もあるから間違わないんだ」

しかし、私たち夫婦は相手にしませんでした。そこで実母は夫の実家に電話をかけました。電話に出たのは姑でした。

「きいちさんがマンションを買ってしまった。今すぐやめるよう、そちらからも言ってください」と訴える実母に向かって、姑は動じることなくこう言いました。

「マンション返済ローンの審査が通ったということは、払えると認められたのだから大丈夫じゃないんですか？」

なおも、引き下がらない実母に姑が続けます。

「もうあの子たちも成人を超えた立派な大人。自分たちの稼ぎでマンションを買うと決めたのだから親がとやかく言う筋合いはないですよ。好きなようにさせてあげましょう。もちろん、息子たちの為を思ってそうおっしゃっていることはわかります。親だからこそ心配されているのですよね。でも、いくら親でも親の気持ちを子どもに無理やり押し付けちゃいけないんじゃないでしょうか？　私は息子たちを信じている。親が子どもを信じられなくてどうするんですか」

と毅然とした口調で私たちをかばってくれたのです。

それを聞いて実母も言葉を引っ込めました。

この話はまだ続きがあり、せっかく手に入れたマンションですが、最終的には手放してしまうことになります。

はた目でみたら『そらみたことか』と言われかねないのですが、マンションを購入して売却した事はこれっぽっちも後悔していません。だって自分で決めたことだからね。

あの時、無理やりやめさせられる方が、よっぽど心が傷ついたはず。それよりも親に信じてもらえたことが本当に、嬉しかったです。

親にわかってもらえたことが何よりも嬉しかった。信じてもらえたことが嬉しかった。思い通りに生きさせてくれて嬉しかった。愛されて嬉しかった。

私はこの一族の仲間入りをして初めて、人に愛される喜びを味わいました。

今なら分かることがあります。それは、どんな平凡な種でも水や肥料をたっぷり与えられて、繰り返し愛の言葉をかけられたら綺麗な花を咲かせるということ。派手ではなく、小さかったりしても、みずみずしく輝いていれば唯一無二の花と言えるのです。

どんな平凡な種でも、繰り返し愛の言葉をかけられたなら唯一無二の花が咲く。

一方、元夫の雄介さんですが、人から教えてもらい彼のその後をうかがい知ることができました。雄介さんとお嫁さんは結婚直後から仲が悪くなったそうです。『おとなしくて従順な女性だと思っていたのに違っていた』と結婚したことを後悔したようでした。

彼は身重でつわりのひどいお嫁さんを実家に帰し、嫁が留守をいいことに浮気。そして浮気相手が妊娠し、世間に知られる前に中絶させるというドラマのようなとんでもない事をしでかしたそうです。

お嫁さんは、無事男児を出産しましたが、浮気や中絶事件はバレて、夫婦仲は修復できませんでした。何かの言い争いの勢いで雄介さんがお嫁さんに手を挙げたことが引き金となり、お嫁さんは乳飲み子の息子くんを連れて家を出て行ったそうです。

彼は、完全にお嫁さんへの気持ちが冷めてしまい離婚を切り出しました。しかし、以外なことにお嫁さんは離婚届けに判をついてくれなかったそうです。

お嫁さんとは会ったことがないのでその経緯も理由も分からないままですが、結局別居状態のまま婚姻関係を継続するという結論になったそうです。雄介さんは養育費を送り、そしてその代わりに、定期的に息子くんと会えることになりました。

そこまで話を聞いた私の頭の中に、『人を呪わば穴二つ』のことわざがよぎります。雄介さんは過去、私を呪ってきたことがありました。それは離婚するとき、「俺は一生、お前を呪う。絶対にお前が幸せにはならないよう呪い続ける！」と言った事実。そのことを私は未だ忘れずにいました。

この『人を呪わば穴二つ』とは、人を呪い殺さんとして墓穴を掘る者はその報いを受けて自分の墓穴も掘らなくてはならなくなる、人に害を及ぼしたら結局は自分も同じ目に遭うという意味を持ちます。もしくは、雄介さん自身の行いによる『因果応報』『自業自得』なのかもしれませんね。

自分がした行いはいいことも悪いことも全部自分に返ってくる。因果応報・自業自得。

いずれにせよ、私の知らないところで『息子の父になり温かい家庭を築く』という、長年の夢を雄介さんは自らの手でぶち壊したのです。

私のほうは、彼とは反対に順調そのものでした。きいちと再婚してしばらく経った頃、なんと妊娠したのです。不妊治療も何もすることもなく自然妊娠し、私にとって妊娠・出産は悲願であり、奇跡のような出来事でした。そして無事に1人目の子どもが産まれたかと思えば、なんと2人目も授かることもできたのです。

私に起こったことは奇跡の連続です。知り合って3日目でプロポーズされて再婚したことも、再婚相手も、その一族もみんな良い人だったこと。そして2人の子宝に恵まれたこと、それらは昔の私からしたら想像もできない奇跡的な出来事でした。

思ったとおりの奇跡は訪れない。今の自分にぴったり合った想像を超えた奇跡が訪れる。

私は、自分自身が毒親に否定され、洗脳・支配された窮屈な人生を送っていたので、絶対自分の子どもには同じ目に遭わせないようにするんだと意気込み、いつもおおらかにいようと心がけ、何より本人の気持ちを尊重した育成方針を貫いたのです。

私は親を反面教師にしよう、母のようにならないように努めました。辛い体験は、皮肉なことに私の子育てに良い影響を与えました。

極端な発想ですが、もし私が順調な人生だったなら、私は傍若無人で我が強く、子どもに対して過干渉や支配・暴言を吐く……つまり私自身が毒親になっていた可能性もありました。私の辛い体験は、決して人には体験してほしくありませんが、私自身がその体験を肥しにして良い方向に生かすことができたのだから、辛い日々は無駄ではありませんでした。

私たちは夫婦仲も良好だったため、居心地のいい家庭環境で、子どもたちのメンタルも常に安心・安定していたと思います。姉妹仲良くすくすく育ってくれました。

しかし、同じ人間ではないので、時には意見や考えが食い違うこともあります。私の母は、相談せずに勝手に行う人で、『どうせ反対されるだけだから言っても無駄』というのが母の理論です。しかし、相談もされず自分の知らないところで勝手に物事を決められるのは、父にとって愉快なことではありません。『これは夫のためにならない』と母が判断したならば、母が勝手に断ってしまいます。それは私に対しても同様だったのです。そして私も前の結婚では同様のことをしていました。

離婚を境に私は自分よがりな私を捨てました。そして、夫婦で考えが違うことが起こり、夫が『ダメ』ということに対して、水面下で勝手に自分の思い通りにすることを絶対にしないようにしました。

『どうせ反対されるだけだから言っても無駄』と、前の結婚では諦めてしまい、水面下で勝手にやっていましたが、再婚してからはそういうことは絶対にしませんでした。

そして、何度も何度も話し合うようにしました。話が合わなくても何度も話をしました。そうやって嫌なことから逃げずに夫婦で向き合い続けました。

拒否されてもどうってことないんです。何度も何度も挑戦を続ければ気持ちが変わるかもしれないのです。なぜ、お互いが、そうしたいのか、じっくり話し合うことで心が通じ合い、お互いの気持ちに折り合いがつくところで着地できることもあるのです。

何事もすぐに諦めないことが肝心である。

きいちはいつも私の気持ちに寄り添って物事を考えてくれましたし、私が本気でしたいことなら、全力で応援もしてくれました。

そのお陰で地域活動や学校の奉仕活動にも積極的に参加することができました。その中で忘れられない思い出は、近所に住む外国人女性の食事を数年間、世話したことです。

私たち家族は当時、夫の転勤である村に暮らしていました。そこは心根の良い人たちが暮らす山深い地域で娘たちは幼稚園から小学校低学年まで、そこでのびのび過ごしていました。簡単に言えばへき地であり、その村内には飲食店もスーパーもほとんどありませんでした。アメリカから来たばかりの女性は日本語がほとんど話せない上、友だちもいなかったので、私は彼女のことが心配になったのです。だから女性を夕食へと招いて、ご馳走していました。

私が皆の夕食を作る間、彼女と娘たちは、まるで歳の離れた姉妹であるかのように打ち解けて、一緒に遊んだり歌ったりと楽しそうでした。ときには彼女が英語やアメリカの文化を教えてくれることもありましたし、それに故郷でのエピソードや子ども時代に流行ったゲームは世界を身近に感じさせてくれたのかもしれません。子どもたちは子どもたちで彼女に一生懸命日本語を教えるなど、まさに夢のようなひと時を過ごしました。

その結果、娘たちは英語が好きになり、彼女も日本語がたくさん話せるようになりました。そうして子どもの頃にネイティブな英語に3年から4年もの年月触れたお陰か、娘たちは中学生になっても好きという気持ちが薄れることなく、英語のテストでも高得点を記録。そんな成功体験をきっかけとして彼女らの学習意欲が向上し成績も上がったのが嬉しかったです。

やがて彼女もアメリカに帰り、きいちも町のマンションを購入して、思い出いっぱいの村を去りました。

それ以降も機会があれば積極的にホームステイの学生を受け入れました。正直に言えば、楽なことではありませんでしたが、貴重な経験ができて嬉しかったのも確かです。どうしてもお金も労力もかかってしまうため、人にはそう簡単におすすめはできないでしょう。そもそもとしてもし、きいちが理解のない人だったら、実現することすらもありませんでした。ですが彼は娘が興味のあることと同じくらいに、私がやりたいことも尊重してくれたのです。きいちのその、人の心に寄り添える優しさのお陰で、私も娘たちものびのびと暮らすことができたと思います。自分自身もボランティアに挑んでみてより一層、舅らに対する尊敬の念も増していきました。

娘たちは成長し、ドラマを見せてくれました。そんな娘たちの中学から高校時代のエピソードを少々語りたいのでお付き合いください。

長女の雰囲気はまるで昔の私のようでした。いつも自信なさげで弱々しく声の小さい女の子でしたが、私と違うのは勉強ができたことです。ただ、勉強はできるのですが、勉強が嫌いで、本人も「私は勉強が嫌いだから高校卒業したら就職する」と言っていました。だから私も夫も、「まあ、そうしたいならそれでいいよね」と受け入れていました。ところが高校1年生の3者面談で担任の先生から就職あっせんを拒否するようなことを言われました。

「娘さんの性格が静かすぎる。うちの高校は元気で活発なイメージで地元の企業もそういう活発な子を求めている。だから、企業から『なんでこんな子を送り込んだんだ』ってクレームがくるから就職の世話はできない」のだと。

そして先生は続けます。「キャラを変えて就職するか、公務員試験を受けて公務員になるか、大学にいくか。その3択を選んでください」とおっしゃったのです。その言葉を聞かなかったら、長女の人生は全く違うものになっていたでしょう。

私は、おとしめにも受け取れる先生の言葉を伺い、目の前が真っ暗になりました。けれど、後々考えてみると、先生は「この状態で早々に就職したらすぐにつぶれる」と娘を案じてあえて辛辣《しんらつ》な言葉で本人に見合う道に行くように誘導したのだ、ということがわかりました。余談ですが、娘の担任は3年間同じ先生でした。あまりにも娘が弱々しかったので、心配で他の先生に託せなかったのだと思います。

その後、「迷っているんだったら大学に行け」という担任の先生の鶴の一声で大学進学にギアチェンジ。そして、とある難関大学に挑戦することになりました。私は驚きました。私もきいちも学歴や大学の偏差値に固執するような、いわゆる成績至上主義ではありません。大学の偏差値もよくわかりませんでしたが、その大学が難関大学だ、ということだけはわかりました。

大学に通うこともなく就職した私にとってはあまりにも現実離れした夢のような目標に、知らず知らず怖くて震えてしまいました。自分の可能性と先の見えない未来を信じて、諦めることもぶれることもなく、行動し続ける。それがどんなに苦しくて怖いことか私は娘の人生を一緒に歩きながら自分のことのように味わったのです。

何度も不安になり、確実に入れる大学に変えたらどうかと言いたくもなりました。けれどそれをぐっと堪えます。もしそれを言ってしまったら娘の心も折れてしまって、何かも壊れてしまうに違いなかったから。本人以上に、とは言えませんが、別の怖さを抱えながらもそれを必死に押し殺しました。

娘は自分の意思で難関大学を目指すと言っているのです。自信なさげで声がちっちゃいけれど、それは外側だけで、長女の内側は自分の軸が備わり自己肯定感が高くやればできると自分を信じている。自分で自分を信じているのです。

だったら、親である私も娘を信じようと思いました。そして親子で話しあいました。もし不合格になったとして、難関大学を受験したことを後悔しないだけの腹くくりはあるのか、と。娘は、「覚悟はできている、安全な道より、挑戦する道を選びたい。そうしないと永遠に自分は後悔するだろう」と。

私ときいちはその娘の気持ちを尊重し、こう言いました。「夢が実現しなくても努力したあとには成長した自分が待っているはず。とにかく精いっぱいやってみろ」

夢や目標を叶えることが、必ずしも成功ではないと僕は考えている。大切なのは叶えるために日々努力すること。現在の自分に満足せず、何が足りないのかを探し、それを伸ばすトレーニングをする。そのプロセスが一番大事だと思い、僕は生きている。目に見える成果が出なくても、やったぶんだけ、人は成長する。夢が実現しなくても、努力したあとには、成長した自分が待っている。

サッカー　長友佑都選手の著「日本男児」より

その結果、娘は志望校に合格しました。

なぜその大学を目指したのかを尋ねると、「好きなタレントさんの出身大学だったから」とのこと。長女はクイズ番組が好きなのですが、クイズ王と呼ばれているタレントさんがばっさばっさと難問を正解させる姿にしびれ、憧れたそう。

「彼と同じ大学に入りたい、もしかしたら出身大学に遊びに来るかも。大学内で彼に会えるかも」というモチベーションが長女を難関大学にいざなったのです。そんなくだらない理由が長女のモチベーションを上げたと後にわかり、膝から崩れおちそうになりました。でも、そのタレントさんがいなければ長女は難関大学に入ることはできなかったでしょうから、タレントさんに感謝してもしきれません。それもご縁なのでしょうね。

次に次女の話です。次女は小学生の頃から学級委員などを務めるなどそこそこ『頭の良い女の子』として扱われていました。

娘は成績の面では心配がなかったので、「そこそこの公立高校に行き、その後は地元の県立大か国立大に行くんだろうな〜」とぼんやり思っていました。

ところが塾の先生が、「私立のとある高校には推薦制度がある。Z大学の推薦枠もあるんだよ。君は英語の成績が良い。きっといけると思う」などと娘を応援し、その言葉に後押しされた次女は私立高校に行きたい、と言い出しました。

Z大学といったら誰もが憧れる名門大学です。夢のまた夢のような大学ですが、その大学に入れる可能性があるなら自分もチャレンジしてみたい、と娘は思いました。

次女が私立高校、そして県外の私立大学に行くとなると我が家の経済は大きく打撃を受けます。奨学金も考えましたが、借金を娘に背負わせることは嫌でした。「どうしてもお金がなくなったらマンションを売ればいいよ」ときいちは言ってくれたので、私たちも腹をくり夢へとつながる私立高校に行かせることにしました。私たちは娘の気持ちを大事にしてあげたかったたし、可能性という芽を摘み取りたくなかった。

本心は、娘が高い学費の私立高校に行くことに動揺していました。しかし、塾の先生のおかげで今の娘の人生があります。人との出逢いで人生が変わってしまうので、本当に人とのご縁のありがたさが身に染みます。

結果、私立高校には合格したのですが、成績が足りなかったと勘違いした女子が、娘に対し『え？　私立高校に入るの？・・ふうん』と言い、押し黙ってしまいました。その女子の目つきで彼女が自分に対して『思ったよりバカだったんだね』と考えていることに気付いてしまいました。

次女は「悔しい。絶対にZ大学に合格して見返してやる」と闘志を燃やしたそう。

そこで彼女は自分におきてを作りました。『宿題は家に持ち帰らない』と。つまり宿題は学校で済ませ、家では宿題以外の勉強をする、と決めたのです。

次女は学校の休憩時間を、トイレと宿題をやることにつぎ込みました。そんな次女を最初は冷ややかにそれを見ていたクラスメイトたちでした。しかしそんな周囲の視線に動じることなく休憩時間に宿題をやり続けました。

……すると数か月後には娘の真似をして休憩時間に宿題をやる人が何人も現れたそうです。次女はネガティブに負けなかったばかりか周囲にポジティブな波動を人々に伝染させたのでした。その中には次女と仲の良かったおとなしい性格の女の子もいました。彼女の成績は申し分なかったのですが、英語が少々苦手でした。Ｚ大学の推薦には学校の成績の他に英検準１級もしくはＴＯＥＩＣやＴＥＡＰで同レベルの点を獲得した人でないと推薦してもらえない決まりでした。

次女は懸命に勉強し、英検準１級に合格。ＴＥＡＰも水準点を超えました。ただその女の子は獲得できないでいました。ある先生も心配して「Ｚ大はやめて他の大学に切り替えたらどうか。あなたは英検２級獲得しているし他の大学の推薦条件を満たしているよ」と声を掛けたのですが、彼女は「最後まで頑張りたいです」と答えあきらめませんでした。

彼女は自分を信じ、「絶対に、自分は合格する、そしてＺ大学の推薦の切符を手に入れる、絶対に妥協しない！」と思っていたのです。

その結果、彼女は英検準１級にギリギリの点数で合格し、推薦の切符を手に入れました。そして次女も彼女に追いつかれないよう切磋琢磨し、共に念願だったＺ大学に推薦入学しました。

その年は娘が所属する一般クラスからZ大学に3名合格したそうです。娘は最後、先生に言われたそうです。「特進クラスからZ大学に合格することはあっても一般クラスで過去Zに入った人は年に1名か2名だけだった。なのに、今年は3名。もしかしたらあなたの姿を見て他の生徒さんが影響を受けて頑張ったのかもしれないね」と。

ポジティブな空気は伝染し、ポジティブな組織を作り出す。

次女は現在大学生。寮に暮らしながらバイトをしたり友だちと助け合いながら大学の課題をこなすなど、充実した大学生活を謳歌しているようです。

娘たちの願いが叶ったのはもちろん、本人たちの努力の賜物であることは間違いありません。自分の可能性を信じ、意志を貫き通して人一倍努力をした結果です。更に『運命の巡り合わせ』とでも呼ぶべき偶然の出来事や色々な人の愛情が後押しとなって、2人の希望する大学と縁を結べました。そのご縁に心から感謝したい気持ちで一杯です。もしも神様がいるのなら、そんな幸せな日々を与えてくれてありがとうと伝えたいです。

話は前後しましたが、長女のその後も書きたいと思います。

無事大学生になってからの長女はボランティアで日本語教師の手伝いをし、その楽しさや魅力に取りつかれました。

小さいとき外国人のお姉さんに日本語を教えていたあの楽しい思い出が、彼女をその道へいざなったのかもしれません。気がつけば『外国に行き、日本語教師になる』という、自分の夢を持ち始めました。日本語教師は決して割のいい仕事ではないのでしょうが、長女はやりがいがあると熱弁していました。

当時、国語と英語の教職課程を履修していました。２科目の教員免許状を取る人は学年８００人のうち１人か２人だそうですが、長女は大学に通いながら外部の日本語教師養成スクールに通い資格を取得しました。どれほど大変で辛かったか、察していただけると思います。

親もいない、時間の管理をしてくれる人もいない。堕落しようと思えば、すぐ堕落してしまう環境の中、なにもかも自分で決めて自分で選び自分を信じ、頑張った。そんな娘を褒めてあげたいと思います。

そして娘は最終的にはとある日本語学校に応募し、採用されました。労働に見合うお給料をもらい、家賃の補助もある好待遇の条件で採用されたと聞き『そんな良い話があるなんて』と信じられませんでした。『探せばあるもんだね』と思いつつ、その奇跡的なご縁に感謝したいです。

かつて高校の先生から『おとなしすぎて就職の世話ができない』と言われ、声が小さかった娘ですが、現在、関東圏で日本語教師として外国の人たちを相手に教壇に立ち日本語を教えています。日本語をこれから学ぶ為に通っている外国の人たち相手ですから、思う事を伝えるのに苦労しているとのことですが、娘は英語が得意なので英語・身振り・手振りでなんとか伝えているそうです（英語が得意で良かった！）。

就職した娘の姿を見て高校の恩師が感動して言いました。「あんなに大人しくてか細い子だったのに、親元を離れこんなにたくましく成長したんだな。人って変われるもんだな。お前の姿をみて決めたよ。俺の子どもは県外の大学に進学させて家から出す」と。

人は変われる。

娘たちは私ときいちから『恩送り』の精神を受け継ぎながらも、生き生きとやりたいことをやって、自分の夢を叶えようとしているわけです。私は心の底からそんな彼女たちに眩しさと嬉しさを感じると同時に誇らしくも思うのでした。

そして今。私は夫と2人で平凡に静かに暮らしています。私はもうすぐ60歳。長い人生、良い事も悪いこともあり悔やむこともありますが、『今、幸せなのだからいいじゃない』と自分を励ましながら生活しています。

今がすべて。今、幸せなのだからいいじゃない。

今だからこそ言えることですが、もし、ブライダルチェックを結婚前にカップルで受けていれば、不幸な出来事を回避できたかもしれませんし、人生もガラリと違っていたかもしれません。

（※ブライダルチェック…妊娠・出産を希望する女性を対象としたトータルヘルスチェック。ブライダルチェックを受けることで、妊娠・出産や胎児に影響を与える病気・感染症の有無を調べ、早めに治療したり予防接種を受けたりといった対策ができます）

結婚前に『前夫の精子の数が足りない、自然では妊娠できない』とわかっていたら、『マラソンをいったん休んで妊活に専念する』『子どもができなくてもいいからマラソンをやめない』という選択と覚悟ができました。これは家同士の大問題でもあるので、双方の親も交えて話し合うこともできました。

夫側の原因を放置したまま、不妊じゃない妻に不妊治療を強いるべきではない。それは絶対にしてはいけない事だったんです。

自分勝手な行為だよ、って誰かが止められたと思うんです。安易に不妊治療を行うと、妻は将来、健康被害がでるかもしれない。命が短くなったり、日常生活が普通に送れなくなるかもしれない。身体が悪くて家族に迷惑かけてしまうかもしれない。そうした時に夫は、妻の身体を元に戻すことはできないんですよ。若い夫婦ではわからないけれど、今の私なら言えます。なんといっても体験者なんですから！

私は甘かったし、覚悟が足りなかったと思います。だから娘の結婚が決まったら絶対にご主人共々ブライダルチェックを受けてもらおうと思います。

『大げさ』『面倒』『仕事が忙しくて病院に行けない』『産婦人科にいくなんて恥ずかし

い』『おかしい』と娘は言うかもしれません。

だけど私からしてみると、「ブライダルチェックをしないほうがおかしい」と言いたい。子どもが授かるのは当たり前じゃない。みんながみんな当たり前に妊娠して無事に産まれるわけじゃない。みんながみんな五体満足の子どもを産めるわけじゃない。本当は奇跡的に素晴らしいことでありがたいこと。だから『子宝を授かる』と言うのです。

それにブライダルチェックというのは、病気や不妊のことがわかるだけじゃない。みんなの隠れていた人間性や価値観がわかるのです。

ブライダルチェックが当たり前、という世の中にしたい。

こんな風にあれこれ思いをめぐらせながらも、私はこのまま静かに人生を終えるのだと思っていました。・・あの日が来るまでは。

第7章 2022年

2022年春、ふと自分史という名の小説を世に発表したくなり、思いを書き連ねていました。

その思いがシンクロしたのでしょうか。半年後、驚きの出来事が私を襲いました。事が起こったきっかけはその日の昼間に知らない番号から電話がかかってきたことでした。男性の声で「もしもし、誰だか分かる?」と聞かれました。

私が「分からないですけどどちら様ですか」と答えると、返ってきたのは「俺、須藤雄介」という随分久しぶりに聞く名前だったのです。

当然ながら私は大変驚きました! 驚きつつも声には出さずに雄介さんと会話をするので精一杯だったほどです。私は静かに「なぜ、この電話番号を知っているの?」と思わず尋ねました。

「あなたのフルネームをネット検索して電話番号を調べた」と言うのです。彼は自分の好奇心を満たす為、私をネットで検索し私の電話番号までたどり着いたのでした。

「年金保険のことで一言お礼が言いたかった」と続けて言われて一応納得がいったのです。この年金保険というものは、彼が30歳くらいのときに私が契約した個人年金保険商品を指しています。

年金開始年齢は60歳で、毎年60万円だか70万円だかあやふやですが、彼が生きている限り一生受け取れるもの。現代の感覚で考えたら到底信じられないような代物ながらも、バブル当時にはそんなバカみたいに高利回りの商品が存在していました。

加入するのに必要な保険料は３５０万円程で、加入時に一括で支払い済みです。そして本来はそれも離婚する際の財産分与の対象物に該当していました。私は１円ももらっていませんが。

でもどうしてお礼に繋がるのかという疑問について、雄介さんは語り出しました。

「離婚するときに、あなたが『この年金商品は絶対に解約とか転換しちゃダメだよ。とてもいい商品だからいつかきっと生命保険外交員さんが転換を勧めるはず。だけど、転換すると損だから、そのままにしておきなよ』と俺にきつく念を押して証券を渡してくれたろ。その数年後、本当に転換を勧められた。だけど、あなたの言葉が耳に残っていたので転換せずに満期を迎えたよ。その手続きをしてくれた保険屋さんには『須藤さん、この商品はすごいですね。一生年金を受け取れる商品なんて、今はどこをどう探したってないですよ。この契約をしてくれた元嫁さんに感謝しなきゃですね』と褒められたんだ。

その年金をもう受け取っていて、かなり助かっている。だからあなたにお礼を言いたかった。家のローンの返済も終わって60歳で定年退職して、年金保険金を毎年受け取れるから、今は悠々自適に過ごせている。だからありがとう」

とのことでした。私は当然ながら保険を契約したことははっきりと覚えていました。ですが、正直に言うと雄介さんの存在のほうはすっかりと忘れかけていたところでした。

思い出したくもない過去を思い出させられたうえ、悠々自適に暮らしていると言われ不愉快に感じました。なぜなら私たち夫婦は2人の娘を県外の私立大学に行かせたため、懐事情からやむなくマンションを売却し、賃貸アパートに住んでいる身分でしたから。

マンションは失ったけれど、いくらお金があっても手に入れることができないことを私はたくさん手にできたし、売ると決めたのは自分だから後悔はありません。

終活も兼ねてのことだったのでそこまで痛手ではありませんでしたが、裕福とは決して言えないのも確かでした。まだ夫の身体が元気なのでカツカツで働いていても苦ではないだけ、ましな部類ではあるでしょうか。

ただし、今の私は不妊治療をやり過ぎたツケが回り健康体ではありません。あんな男の為に自分の身体を粗末にしてしまった己の愚行に情けなさがこみ上げ、その気持ちを抑えながら生きている私でした。

その反面、元夫の雄介さんは仕事をリタイアし、退職金と年金で快適な生活を送っていると聞いて、内心悔しい気持ちになったのです。

だから今頃になってお礼を言葉だけで片付けられてもちっとも嬉しくありませんでした。結局彼の自己満足、それか自分のほうが幸せに暮らしているのだというマウントに付き合わされているだけだと思えてならなかったのです。多少の文句は許されるだろうと、私は彼に言い返しました。

「あのとき、一括で払ったお金の半分は私が出したんだよ。財産分与しなかったどころか、離婚してからもお金をしぼり取っていた人間が今更、なに綺麗事を言っているんだか」

そう言うと雄介さんはうろたえた声を出します。

「おいおい、酷いことを言うなあ。お金をしぼり取っていたなんて……そんなひどい言い方をしないでくれよ」

「全部本当のことなのにそれを言って何が悪いの？」

余裕ぶっていた雄介さんも反論できなかったらしく、話題を変えようとして別の話を言い出しました。

「……なあ、ＬＩＮＥ交換しないか？」

私は呆れて返事の一つすらできませんでした。どうして私があなたとＬＩＮＥ交換をせにゃいかんのじゃと、喉元まで出かかったそんな言葉を引っ込めます。

「ダメなのか？」

ダメに決まってるだろと言いたいのはやまやまですが、変に言い合いになってまた喧嘩になったり、しつこくからんでこられても面倒なので、大人の対応でやんわり断りました。

ですが、雄介さんはまだ話しかけてきます。

「今でも時々あなたの夢を見るんだよ」

それを聞いて、『こいつ、自分に酔っているの？　元嫁に言い寄るなんてみっともない』と呆れ返るも通話でのやりとりなので、どんな表情になっているのかが伝わらずに彼は尚も私にどうこう言ってきます。

そしてのらりくらりと復縁を望んでいるとしか解釈のしようがない要求をかわしているうちに、お互いの子どもの大学の話題になりました。すると彼は得意げな声になり「息子は地元の国立大学出身だ」というふうに語りました。

「立派だね。今どき、国立大学にはなかなか合格できないもんね」

もちろん雄介さんではなく、私は会ったことのない息子さんのことを褒めているのですが、彼が鼻高々になっているのがその声から伝わってきました。しかし相手が話を振ってくるので、私も娘の大学名を告げた瞬間、一転して声音が震えたように感じられたのです。

「えー、それはすごいな。あの大学かー。へー、すごいなー、へー！」

といった調子でわざと平静を装っているだけとしか思えません。その後、何学部かという話になって、すると雄介さんは「息子は法学部だった」と言ってきました。

そのときは素直にうなずいたのですが話しながらよくよく考えてみると違和感があったので、私が「あれ？　確かあの大学は法学部がないはず。もしかしたら別のところと勘違いしてるんじゃない？」と気づいてすぐに指摘したら彼は急に「癖、癖」と慌て出しました。そして、

「あいついつも、弁護士になるだの起業するだの夢みたいなことばっかり言ってるからさ、つい癖で法学部って言っちゃっただけだ。確か本当は国際関係学科だったっけ」

などと弁解してきたのです。もしこれがきいちと同じように善良な親戚たちが言い出したことなら、そうかと納得したと思います。ですが彼は以前から嘘をついて周囲の人を騙していたような人間です。

『あ〜、そうか。うちの娘たちの大学名を聞いて、負けたと思ったからせめて学部だけは

と見栄を張って嘘ついたんだ。どうせ私には分からないだろうと思って適当なことを言いやがって！』

別に彼が嘘をついたかどうか知りたいわけではないので調べてはいませんが、過去の行いを思えば、予想はおそらく当たっているところでしょう。

もしそれが事実だとしたら彼は息子さんの夢や可能性を応援せずに、小さな枠に押し込めているような気がしてなりませんでした。

もしもうちの娘がこの人の家庭で暮らしていたら、早々に潰されていただろうなと思ってしまいました。しかし、それ以上に私は気になっていることがありましたので言葉を発しました。

「ところで……まだ走っている？」

「ああ〜うん、まあ走っているよ。ぼちぼちな。趣味程度に、健康を維持したいから走ってるって感じ」

それを聞いて私は、『そうか、やっぱり走っているのか』と懐かしい気持ちになりました。彼から受けた数々の暴力暴言を思ったら、憎い人には違いありませんが、とはいえ私は貪欲なまでに勝ちに行く彼を尊敬していました。なのでできることならその才能を使って世の中に恩返ししてほしいと願っていたくらいです。そこまで考えてふと思い出したことがあり、私は思いきって聞いてみることにしました。

「昔私が言ったこと覚えてる？　近所のちびたちを集めて、マラソン教室を開いたらどうかって」

「ああ、今まさにやっているよ」

どうせ「まだそんなことを言ってるのか、バカらしい」と一蹴されるだろうと予想していた私は驚きました！

「えっ！　そうなの!?」

「ああ」

年齢を重ねて丸くなる人もいるけど、これまでの話を聞く限りでは全く変わっていなさそうだったのでそんな感心なことをするとは思えず、意外に感じてなりませんでした。

「それで生徒さんは何人くらい？　いくつくらいの子たちなの？」

興奮してしまって矢継ぎ早にそう聞く私に雄介さんはちょっと戸惑ったような反応を見せてから答えました。

「まだ2、３人くらいだよ。年齢はそうだなあ、50代と60代だな。今は夏だからちょっと休んでいるけど冬になったらまた走ろうって言ってるところ」

それを聞いて私は正直がっかりしました。今だとインドアで走るのが苦手な子も多くて、そのせいか数年前にはかけっこ教室が話題になっていたのです。そうして子どものコンプレックスを解消しているような立派な大人になったのかと思いきや、単におじさんとおばさんを相手にしたお楽しみクラブではではないですか。しかも、2人か3人。これまでの彼と比べれば良くやっているのかもしれませんが……気を取り直して私は話を続けます。

「最近は中学とか高校の部活って、指導者が少なくてどこも困ってるんだよ。そういうのには興味はないの？」

「ああ、そういうのはな、70代の元実業団の人たちが地元の学校の指導に入っているから。そういう人たちが幅を利かせてるせいで、俺みたいな60代のひよっこなんか立ち入る隙がないいんだよ」

果たして、60代でひよっこだという彼の言葉が本当なのか、それとも年齢に関係なく雄介さんの性格が問題で相手にされていないだけなのか門外漢の私には分かりませんでしたが、少なくともそれを理由に挑戦もしていないであろうことは察しました。なぜならば、

「いや、あるよ。あなたを必要としている学校が私の知っているところである」

「えっ!?　本当か！」

私が伝えた情報を聞いて雄介さんの声がはずんだように感じられました。

「県の教育委員会のホームページを見てごらん。陸上部の指導者を必要としている学校が

載っているから。ただし指導料は薄謝か無料だけど。場所は雄介さんのとこから70キロか80キロくらい離れているかな」

「はあ？　そんなの行けっこないだろ！」

距離を聞くなり彼はそう言い捨てました。すぐさま私も反論します。

「だけど必要とされているところがあるんだよ。そりゃあ確かに遠いかもしれないけど、今は働いていないんでしょ？　時間だってお金だってたっぷりとあるんじゃないの？　今雄介さんがそこにいるのはあなた1人の力じゃないんだから。今までに出会ったたくさんの人のお陰であなたは生かしてもらっているの。今こそ、社会に恩返しするときなんじゃないの？」

と呼びかけたのですが、返ってきたのは「そんなことできない！　何言ってるんだ！　あんたはマザーテレサか聖母マリアかね！」という語気を荒げたものでした。そしてそれを聞いた私も、『ああ、もう何言ったって無駄だ』と諦めたのです。

もちろん雄介さんが無理という気持ちも分からなくはありませんでした。車にしろ交通機関を用いるにしろ、こまめに通うとしたらハードルも高いことでしょう。

それに恩返し云々というのもまた余計だったのかもしれません。この頃には私もすっかり失念してしまっていました。そして思い出しました。過去、夫婦であったときに味わった価値観や思想の致命的な相違はただお互いを傷つけ合うだけでした。それに、彼は他人に促されて社会貢献しようと絶対に思わない人なのです。だけど、それならそれでどうしてそんなにも私をバカにしたような言い方をするのか、腹立だしくてなりませんでした。

この話が平行線で終わるのはどことなく察していましたし、そのまま口論に発展するには私たちの関係性はすっかり遠く離れてしまっています。ですのでそこで切り上げて以降も会話は続き、今私がどういう仕事をしているのかという話題に変わりました。もちろん素直に、

「今分譲マンションの管理人だよ。昼間はマンションの清掃で夜間は受付をしている。パソコンを使ってメールしたり、書類や掲示文書を作成したりもしているよ」

と返答をしました。が、ここで一つ思い出したことがあったので意地悪になってこう続けたのです。

「そういえば昔、雄介さんにパソコン教室辞めさせられたことがあったね。『月々5000円の月謝がもったいない』とか『一生触ることのないパソコンとやらのために金をドブに捨てるな』とか言われたっけ。結局離婚をしてからパソコンを習ったから今、この仕事に就けてるんだ。ほんと、離婚して良かったわぁ！」

それはもう嫌味たっぷりに言ってあげたので雄介さんは声を震わせながら、「あのときはパソコンがこんなに普及するなんて知らなかった。だから、仕方ないさ。今時はパソコン入力くらいできないと仕事に就けないことくらい分かってるよ」と弱々しく返します。軽い仕返しも程々にして、次は私から雄介さんへと話題を振ることにしました。連絡が来るとは想像もしていませんでしたが、ちょうど用件があったのです。せっかくのいい機会なので了承してもらおうと思ったのでした。

それは自分史執筆のことでした。

「今私、自分史を書いているの。完成したら、コンテストに出すかネットで発表でもするつもり。雄介さんの話も出るけどいいかな？」

「おいおい。俺の個人情報とか書いてもらっちゃ困るだろ」

「もちろん、個人情報なんかは出さないようにするよ」

「それなら、まあ、いいけどさ……」

春から書き始めた自分史は最初こそ軽い気持ちでした。この話を書き留めておかなければ前に進めないような衝動に駆られ、暇を見つけて書き進めていました。しかし、どうせだったら他の人に見てもらいたいという欲求が高まったのです。話に出すだけでも許可を取っておくほうがいいだろうと思い、私にとってもこの電話はいいタイミングでした。

とはいえ、思いがけない話を振られた雄介さんは戸惑っているような声をしていました。「個人情報は出さないけどこの話は出すよ。だけどこの話は書かないかな」などといった感じで色々なエピソードをずらずらと並びたてる私。それらは全て雄介さんにとっては黒歴史と表現すべきものでした。なのでそれを聞いた彼は感情を爆発させてしまったのです。

「お前、なんでそういう話をいちいち覚えているわけ？　何十年も昔の話なのに、まるで昨日のことみたいに覚えてるってさ、信じられない！　……信じられないよ。……本当にお前って奴は恐ろしいな！」

加害者は自分のやったことをすぐに忘れる。けれど、被害者はやられたことを一生忘れない。

そこまで言って、少しクールダウンしたようではありました。ですが、

「いやー、驚いたよ。なんでそんな昔のことをずっと言うわけ？　もう昔のことなんだからどうでもいいじゃん。そんなことをいつまでもいつまでも覚えてて執念深いよなあ。びっ

くりだよ。本当にお前って恐ろしい女だな！」

と同じことを何度も何度も繰り返すところから、彼の動揺がいかに激しいものだったのか伝わってきます。どんな顔をしていたのか目に浮かぶようでした。

わざわざ電話番号を調べてまで元嫁に連絡をして、「ＬＩＮＥ交換して」とか「今でもお前の夢を見る」とか言って、いかにも復縁したがっているかと思いきや、言い方がかんに障ったのかもしれませんがわざわざバカにしたような言い方をしたり、自分に都合の悪い話を覚えていると分かったら、自分を正当化するために罵ってきたり……いい加減私は彼と話すことが嫌になりました。なので発表の許可を撤回しなかったのをこれ幸いと、

「もう雄介さんと私は価値観も思想も違いすぎるし、これからはもうお互いに連絡するのはやめよう。それじゃあ、お元気でね」

と言い、彼も『わかった、もう二度と連絡しない』と言い、あっけなく電話を切ったのです。

電話を切ったあと、私の機嫌は悪くなりました。雄介さんには『執念深い』と評されましたが、私からすればとっくの昔に喧嘩別れした元嫁の電話番号をわざわざネットで調べあげて、実際にかけてくるほうがよっぽど執念深いとしか思えません。

そのとき、大学の夏休みで娘たちが帰省していたので何とはなしに元夫から電話があっ

たことを話したら大層驚いていました。長女は
「元夫さんは今、幸せじゃない。幸せだったら、母さんに電話なんかかけない」といい、次女は「母ちゃんは離婚のときに何もかも奪われ、尚且つ谷底に突き落とされたみたいな状況なのに、年金保険証券を渡しながら注意喚起したんだ。前の旦那さんの幸せな未来を願う優しくて純粋な人だったんだね」と言ってくれました。

更に次女は続けます。「昔のことはどうでもいいって前の旦那さんは言ったかもしれないけど、昔の母ちゃんの行いで、今その人の懐が潤っているんだからもう一生母ちゃんに頭が上がらないよね。母ちゃんはこの先も一生前の旦那さんを養ってあげてるんだよ。それって何だかすごくカッコいい！」

というふうに次女に言われた私はようやく過去の全ての自分の姿を受け入れることができたようでした。

私という人間はダメな奴だと思っていたけれど、全部が全部ダメだったわけではなかったのです。あんなに弱かった私だけどずっと雄介さんの助けになって、今彼を養っているし、それはこれからも続きます。いつしか彼が亡くなってしまうそのときまで。それはある意味では呪いよりよっぽど爽快な復讐とすら呼べるかもしれません。

そんなふうに思ったのですが、数日経つとまた怒りが湧き出てきました。元夫は昔、私

を殴ったあと『約束する。もう二度と殴ったりしない。本当だ、神に誓う』と言い私を殴り続け私はそれを許しました。そして今度も『もう二度と連絡しない』と言いました。

謝罪も償いもしないで立ち去ることが許されるはずない！　今度の無作法もまた大目に見てくれると思っているのか！　連絡しない、と言われてどうしてそれを信じることができるのでしょうか。元夫の不愉快な電話は私の心に火を点け書きかけの自分史に拍車をかけました。

最初に書いた自分史は怒り恨みののしりの文章でしたが、次第に自己反省しながら溜まった膿を出すがごとく思いを込めて丁寧に自分史を執筆しました。

それは私の挑戦でもあり、自分自身との戦いでもありました。思い出したくない過去と向き合ううちに私は、忘れかけていた離婚後の情熱を思い出しました。

そんな中、かつての友人や親戚筋とご縁が繋がり彼らは驚き口々に言いました。

「そんなことがあったなんて全然知らなかった」「どうして言ってくれなかったの、言ってくれれば助けたのに」「そんな人だとわかっていたら女性を紹介なんかしなかったのに」

そして彼らの動揺が静まったあと、現在の元夫の近況を聞くことができたのです。

それは元夫の口から語られることのなかった不遇の姿でした。

元夫は、心臓が悪くなり、大会はドクターストップがかかり出場禁止。長年の無理がたたったのです。

生後まもなくの息子さんを連れ出て行った嫁さんは、なぜだか離婚届けに判を押してくれなかったけれど、宙ぶらりんのままいまだに20年以上別居婚を続けているそうです。

そして雄介さんは「息子は国立大学出身」と言っていましたが、それは嘘で、本当は県外の私立大学だった、ということを知りました。

彼はうちの娘の大学名を聞くよりも前に全くのでたらめである国立大学名を告げていました。つまり負けているから対抗したかったのではなく、最初から虚勢を張りマウントを取りに来ていたわけです。きっと、息子さんはその国立大学に落ち、その事実は雄介さんにとっては恥ずかしいことだったのでしょう。

それを聞いた私は悲しい気持ちで一杯になりました。そんなつまらない見栄とプライドのために1人息子の大学名まで嘘で塗り固めてしまったのです。そんな父親の行動を息子くんが知ったらがっかりしてしまうのではないでしょうか。

雄介さんと息子さんは今でも交流があるのですが、最近息子くんに殴られたそうです。あの調子で接する雄介さんと息子さんとは想像通り上手くいっていないのだと感じました。

第8章

第3の人生

その後、私は自分史を本にしたいと本気で思うようになり、手段を模索しました。すると一般の人でもオンデマンドという方式で出版することができると知りました。

ご縁が繋がり私のわがままを受け入れてくれる協力者（Belle femme 出版）と出逢い、２０２３年の春、『さらばマラソン王子：愛され殴られ離婚して』という自分史をＡｍａｚｏｎから発売（電子書籍・オンデマンド出版）しました。

私はずっと秘めていた気持ちを本にすることができてすっきりしました。私は、ずっと言いたかったのです。自分の気持ちを言いたかったのです。けれど逃げてしまいました。そしてその結果、悪行は闇に葬られ何もなかったことになってしまいました。

現在、元夫に起こっていることは私が逃げて何も伝えなかったことが遠因となっています。もしあの時、人々に彼の悪行をぶちまけていたら、彼には縁談がこなかったはずです。

そしてこれから、もし悪いことが起こるとしたら、それも私が元夫と向き合わなかったことが遠因なのでしょう。

だから私は自分に起こったことをきちんと文字に書きまとめ、伝えるべき人に伝えなくてはいけない、勇気を出して伝えなくてはいけない、と思いました。本音を言えば、本を読んだ元夫たちが反省し、私に対して謝罪してくれたらいいな、と思っていました。

私は一世一代の勇気を振り絞り、本を元夫と義親に郵送しました。ずっと逃げていた元夫たちに自分の気持ちを伝えたことで私の挑戦は終わりました。

そして雄介さんに『本を出版しました。口頭で自分史の公表を許可されたけど、きちんと書面化したい。つきましてはメールで返事が欲しいので以下のメルアドに連絡をください』という旨の手紙を出しました。

しかし、雄介さんからは何も連絡はきませんでした。その後、内容証明で再度送りましたが受け取り拒否されました。

私はがっかりしました。でもそれは仕方のないことです。人の心を動かすことはできないし、次元の異なる波長の合わない人間とはしょせんご縁がつながらないのです。

人の気持ちを変えることはできない。変えることができるのは自分の心だけ。

彼が行った事は、いずれ本人に返ってくるでしょう。因果応報だとか自業自得という言葉があります。自分がした行いはもしそれがいいことでも悪いことでも、全部自分に返ってくる。それは苦しめられた人間の願望などではなく、人生の真理だと私は思っています。

本を出版し、私の心のさざ波が鎮まった頃、よくよく考えるようになりました。

『私は元夫にいったい何をしてあげたのだろう』と。

今、元夫はマラソン走者として第一線で活躍していたスキルと神様から与えられた才能を次の世代の人に伝えることなく力を持て余し、孤独の晩年を過ごしています。

私はこんな未来を与えたくて彼に尽くしたんじゃない。自分を犠牲にして良かれと思ってやったそれらのことは、結果的に、彼もそして私自身をも不幸にしたのです。

自分の中にパワーがないのに、人を幸せにしたり支えることなどできっこなかったんだ。

人を大切にして幸せをあげたいなら自分が幸せにならなくちゃだめだったんだ。他人より自分に何かをしてあげなくちゃいけなかったんだ。

そして殴られない為に、気持ちを殺し、言うなりになり、相手と向き合わずに甘やかしてしまった。その結果、増長させてしまい最強のクズにしてしまいました。

最後は誰にも何も言わず、その場から逃げてしまった。クズをそのままにすれば、次の犠牲者が出るのに、自分の保身の為にその場から立ち去ってしまいました。諦めて逃げてしまったのは自分だけじゃなくて周りも不幸にしたんです。

最後に、私は彼に手紙を出しました。


『最後になりますが、結婚してくれて有難うございました。未熟でネガティブで不完全だった私を受け入れてくれて有難うございました。愛してくれて有難うございました。皆さん、私を家族として受け入れてくれて有難うございました。守ってくれて有難うございました。

そして離婚してくれてありがとう。私は離婚したからこそ強くなり、大きく成長できました。あなたが私と別れてくれたおかげで今の夫と再婚することができ、違う世界にいくことができました。本当にありがとうございました』と。

それは偽りもない現実の出来事でありました。毒親から解放してくれたのも元夫だったし、ダメな私を受け入れてくれたのも元夫でした。感謝すべき事柄はあったのです。

結婚してからは実家以上に壮絶な地獄生活ではありましたが、クズの巣窟から出なかったということは私もクズで低レベルな人間だったのでしょう。元夫と私の性格や行いは違っていたけどきっと、魂のレベルが同じで私たちは似たもの同士のクズだったのでしょう。でなかったら、10年近くも一緒の家で住めるわけがない。

人は自分と同じような波長の人に引き寄せられる。

私と元夫の共通点は、ネガティブだったこともそうですが、大きな共通点は『責任逃れをする自分本位な人間であった』ということ。

元夫は「芙由美は何を言っても平然としていたから平気だと勘違いした。嫌なら嫌と言ってくれれば暴言を吐かなかった」とか、「殴られるには殴られるだけの理由がある　殴らせる方が悪い」とか言って『自分は悪くない』などと自分を正当化しようと主張し私を悪者にしたてあげました。私は元夫のことを『責任転嫁で低レベルで軽蔑すべきクズ野郎』

と思いました。

それと同じように私も、「親のモラハラで自己肯定力が低くなった。自信がなくなった」と責任転嫁をして、親から逃れたい為に結婚したのに、やっぱり待っていたのは暴力とモラハラの世界。なぜＤＶされるのかモラハラされるのかということを考えもせず、ただただ環境や元夫を恨んだり誰かのせいにしていました。

けれど本当の原因は私だったのです。私は『殴られたり、ののしられるのは私が弱いからだ』と自分に矢印を向けなかったのです。それが人の性なのか、無意識に自分をかばい守ろうとする思考回路は人間の本能かもしれません。けれど、それでは何も起こらない。


うまくいかないことを人のせいにするのは簡単。それが一番楽だから。自分に原因がある、と認めるのは辛いことだし、とても落ち込む。でも、自身の不幸をいつまでも人のせいにしているなら人生は好転しない。

『強い』というのは、歯向かって口答えすることばかりじゃない。『納得できない』『それはできない』ということを伝えること。そういうことも強さだと思います。

納得できなくて自分の心が泣いているのに、無理やりやらされて。いいなりになる行為を繰り返すうち私は自分自身で自分の心を傷つけて。自分で自分の中の勇気を弱めてしまい何も言えなくなって。

「生理日を姑に報告したくない」「交通費を不正受給したくない」「大人4人の食費は1万円ぽっちじゃなく6万円くらい欲しい」「嫁は家政婦でもないし、後継ぎを産む道具じゃない」と言えばよかった。言っても無駄と行動もせず、諦めてしまっていた。そのせいで一層殴られたとしても、伝え続けるのは、どんな弱虫だってできたんです。俯瞰していれば、それがどんなに愚かなことかもわかるし、自分の名も心も落とすことだと気付いたでしょう。所詮、私も目先だけしか見えていない責任転嫁で低レベルで、軽蔑すべきクズ野郎だったのです。

そうしてみると、長年私が抱えていた疑問も終止符が打たれたのです。それは『なぜ、あのような理不尽なしうちを受けなくてはいけなかったのだろう、愛していたから何もかも犠牲にして精いっぱいやったのに』という疑問であり、その答えは『あれは自分が全部引き寄せたからだった』という結論がでました。

何もかもが自分が招いたこと。元夫はクズだったけど、そんなクズが大好きでチーフからやめろと忠告されたのにそれを振り切り、喜んでクズの巣窟に入ったのも自分。ひどい目にあってしまったのも自分の過ちであり、言ってみれば『自業自得』原因が自分にあるのだから、言い訳ができませんよね。

あの時、離婚できることになったはいいけれど、最後にお金を要求されて念書に無理やり署名捺印させられて『あの時はああするしかなかった』と相手や実母を恨みました。けれどそれは不可抗力じゃなかった。私が諦めてしまったから。「お金払うって母さんが言ったけど、私は払わない」と大声上げて念書を破ることもできたはず。「それなら離婚しない」と元夫に言われても、戦えばよかった。裁判所に持ち込めばいくら昔だとしても、あんな無茶苦茶な条件が通るはずもなかっただろう。

別居している夫婦だから、毎月私に生活費を送る義務があることがわかったらお金に意地汚い彼は、早々に離婚届けに判をついたかもしれないんですから。

『あの時は仕方なかった』『それは誤解だ』『周りの人が悪かった。環境が悪かった。時代が悪かった』などと、いつまでも『自分は悪くない』と言い訳しているのは見苦しくてみっともない。

私に欠如していたのは『覚悟』だったと思います。

結婚すると決めた時も。不妊治療をする時も。離婚をすると決めた時も。

人生において大きな決断をすることは新しい木を植えると同じ事。木を植える時、私はその場しのぎで植えていました。今いる場所から逃げたかっただけ。だから何もかもが中途半端になったのだと思います。

「私はこれを成功させます！　絶対に負けません。大きな花が咲くまで絶対に諦めません！」という強い想い・覚悟を込めて植えなかった。覚悟は木の根っこであります。木の根っここそが、『命』そして、自分の人生は自分が責任を持って創ることを表わします。

『覚悟』があれば、『そもそも、この木は植えていいのか？』と熟考するところから始まります。

『覚悟』があればネガティブな人に襲われないよう、植える前に、誰かを味方につける準備も怠りません。用心のために襲われないような場所に植えるかもしれません。

めでたく木を植えてもネガティブな人が木をひっこ抜こうとするかもしれません。でも、やすやすと抜かれないよう深く根を張り、やがて木はどんどん大きく太くなります。

不運にもひっこ抜かれたとしても、土中深く埋まっている根は再び息を吹き返し、また再生します。

時間は経ちました。昔は私を一生呪うと言っていた元夫は2022年の夏、私に「お金をありがとう」と感謝の電話をくれました。私に一生、養われることで上機嫌でいるのだから、やっぱりあれは最善で最高で最良の方法だったんだ、だからあれでよかったんだってことにしよう、と思います。

私はクズの巣窟から卒業した、それで充分。今の私は心も身体も軽くなり、清々しい。

たとえひどい目にあったとしてもそれは自業自得。自分が諦めて逃げてしまったから最悪の出来事を引き寄せただけ。だから人や環境や時代を恨むのはもうやめる。

過ぎ去った時間は戻らない。けれど、まだ私は生きている。きっと明日も生きるだろう。まだ私には何かの可能性があり、時間も残っています。

これから私は自分に何をしてあげられるのだろうか。エステに行くとか美味しいスイーツを食べるなどという自分を甘やかす類のことはどうでもいい。

私が望むものは『自己実現』。自己実現ができたのなら、私は満足し、幸せになると思います。

自己実現の欲求は『他の誰にも成し遂げることができなかったことを自分が成し遂げたい』という思いや『自分らしくありのままに生きたい』という欲求だそうです。『他の誰にも成し遂げることができなかったこと』でなくてもいいのです。私は私が今まで『どうせ私には無理でできっこない』と諦めていたことを成し遂げたいと思いました。私は自分の力で自分を変え自分の人生を切り開きたいのです。

私の自己実現は、過去の自分が成し遂げられなかった事を成し遂げること。

矢印を自分に向けたいのです。

スピードが遅いなら、人より早くスタートし、重要なところは丁寧にやり、どうでもいいことは適当にやる、など要領よくこなすセンスを身につければなんとか仕事も人に追いつけるでしょう。

脳科学に基づき『やりたいことややるべきことを楽に習慣化する』方法を実践すればできることも多くなります。グズでバカでノロマであっても、いつも人に感謝し、気持ちを上手く伝え周囲とコミュニケーションが取れれば、人に愛され共存できると思います。

そういう向上心を持つことで自分に自信を持ち自己肯定感を高めていきたい。ずっと自分の可能性を信じ、諦めない。

私の心の中にはいつも『感謝』『精いっぱい行動する』『俯瞰（広い視点で物事を見る）』『信じる』『諦めない』『覚悟』の火が灯っています。

特に学びたいことは言葉のスキルです。昔の私は思うことが伝えられず、気持ちを我慢し、『NO』と断ることができない人間でした。

親からも前夫からも『お前が我慢すれば何もかも上手くいく』『波風立てるな』『お前は一生しゃべるな』という教育を受けるだけで、『断る技術』『自己表現スキル』という教育は一切受けてこなかったのです。なので、自然と私も弟も、そのスキルは低くて、人とスムーズなコミュニケーションがとれず生きづらかったのだと思うのです。

それは日本全体にも言えることで、今の学校教育では言葉の使い方などはカリキュラムに入っていません。それを学ぶのは家庭の中だけであり、親や身近な人が下手くそな話し方だと自分も話し方が上手くならないわけです。それを脱したいなら、自分自身が大人になってから努力したり、話し方講座などで勉強して自己改革する方法しかありません。

そんな『言葉が足りない私』から脱却する為、私は今、『アサーティブ・コミュニケーション』という言葉の使い方を習っています。『アサーティブ・コミュニケーション』とは、自分の意見を飲み込むことで我慢をしたり、一方的に自分の主張を押し通したりせずに、相手を尊重しながら自分の気持ちを伝えるコミュニケーションです。もともとは人間関係の構築が苦手な人の為にアメリカの心理学者ジョセフ・ウォルピによって１９４９年に開発されたカウンセリング手法が起源だと言われています。アサーティブの言葉は優しい。そして誠実。あくまでも私の主観ですが、アサーティブには『感謝』『行動』『俯瞰』『信じる』『諦めない』『覚悟』の要素が全部入っていると感じます。

それはもう『人生が変わる』と衝撃を受けたくらいです。

恐らく私は『いじめられやすいタイプの人』だと思います。今はおかげ様で私をいじめる人は全くいないのだけれど、未来永劫、私は人からいじめられたくない。

もし将来、私をいじめようとする人が現れたら私は戦いますが、相手を傷つけたり、無駄な争いは控えなるべく平和に暮らしたいものです。

やっぱり、どんなことを考えても、人は人に助けられ生かされています。私は人に助けられ生かされ生きていることに感謝したい。そして被害者にも加害者にもなりたくない。

しかし、おどおどした弱虫のオーラが私から漂えば、たちまち私は餌食になるでしょう。いじめっこを寄せ付けない私になる為に、私はアサーティブスキルを身に着け自身を守りたいと思っています。

今、ちょっとずつ、アサーティブで習ったことを居住者様対応でも使っています。『マンション管理人』にとって、アサーティブコミュニケーションは必要スキルと思います。なぜなら、管理人は全ての居住者様の気持ちに寄り添いながら公平・公正に接する人なのだから。

どんなに相手が良い人だとしても、人は自分に都合のよいように考えたい生き物。ちょっとしたボタンの掛け違いで心がすれ違ったり、誤解してしまう。そんなことのないように、相手を傷つけず伝えたいことを相手にきちんと届け、私も相手の言葉を誤解せずにキャッチできる人になりたい。

私は、ＮＰＯ法人アサーティブジャパン主催のアサーティブ・トレーニングの講座を受講しましたが、まずはアサーティブジャパン代表理事である森田汐生さんが書かれた書籍を読んでください。実際の会話で使えそうな例題が数多く掲載されているので参考になります（参考書籍：『気持ちが伝わる話しかた―自分も相手も心地いいアサーティブな表現術』（主婦の友社）、『「怒り」の上手な伝え方』（すばる舎）、『心が軽くなる！　気持ちのいい伝え方―「アサーティブ」な表現で人生が変わる！』（主婦の友社）など）。

なぜ、私がこれほど『言葉』にこだわるかというと、『言葉』はとてもわかりやすくて伝わり方が速いエネルギーだと感じているからです。

本書で私は『波動』だとか、ややもするとスピリチュアル的なことも書いてきました。そういう『目に見えない世界』の占いやスピリチュアル・自己啓発というあっち系が私は好きで、神社におまいりに言ったり、自分なりのイメージワークを行ったりします。

それは『見えない世界』のアプローチで、それと併用して『見える世界・聞こえる世界』のアプローチも大切にしており、そのアプローチとして『アサーティブ』という言葉の習得が人生を好転させる方法だ、と思っています。

アサーティブの根底は『人を大切にする心。相手を思いやる気持ち』からだと思うし、俯瞰の気持ちでないと言葉を発することができないスキルなので、学べば学ほど、ひとりよがりで自己中心的な人はカルチャーショックを受けると思います。

今の私はまだまだですが、きっともっと上手く使えると信じています。

『昔できなかったことができるようになったら、どんなに素敵だろう』と想像するとうっとりしてワクワクします。もしそんな力が授かり、たくましくなったとしたら、私は自信に満ちあふれます。私は自分のために自分を磨きたい。

自分に『夢を見ること』を許可したい。

おまけに自分が前向きでワクワクして輝き出すと周りの人にも良い影響を与えるでしょう。そしたら自信をもって生きられる。自分で自分を誇れる。仕事の時でも、居住者様を傷つけない会話ができ、相手を思いやりながら、心の通う信頼関係が築けるようになる。そして居住者対応で迷う同僚にもスキルをおすそ分けできる。新人研修の時に、それを新人さんに伝授すれば彼らが現場に立った時に気持ちよく居住者対応ができるでしょう。

人の役に立ちたい、人を幸せにしたいと思うならまずは、自分が幸せにならないと。

もちろん『感謝』『精いっぱい行動する』『広い視点で物事を見る』『信じる』『諦めない』『覚悟』の6つを忘れないのは大前提だけど、まずはそれを人の為にではなく自分の為に使いたい。自分を満たした後は、私に救いを求める人に伝えたい。自分を幸せにする生き方は、自然に幸せの波動を広げられる、と今ならわかります。

『感謝』『精いっぱい行動する』『俯瞰（広い視点で物事を見る）』『信じる』『諦めない』『覚悟する』アサーティブは、それがたくさん詰まっている。アサーティブの言葉を使うと自分も人も傷つかない、傷つけない人になる。自分を幸せにする生き方は幸せの波動として周囲に広がり人を幸せにする。

そして。私にまた奇跡が起きました。それは

・私の人生最大のテーマである『毒親との対決』がアサーティブコミュニケーションにより実現。２０２３年秋、円満な話しあいの結果、①仲良くなれる日まで会わない・電話しない。交流連絡手段はメール・手紙・夫を仲介させる、②将来、母が認知症・重篤な状態・窮地に立たされた時は必ず責任もって私が母を助ける、というルールを決めたこと
・２０２４年。名もないただのおばさん（私）の自分史が本になり全国の書店の店頭に並んだこと
・友だちでもない顔も知らないあなたに今、私の想いを伝えられた
・私の想いはあなたを通じて、ますます周囲に広がったこと

ということです。その奇跡を実現させてくれた、アメージング出版の千葉様他、たくさんの人に感謝してもしきれません。

奇跡は本当に起こるのです。私の幸せの波動は人に伝わり、家族に伝わり、娘に伝わり、娘は周囲の人に波動を広げました。そしてその波動は人々に影響を与え、彼らの願いを叶えるパワーを彼ら自身が持ちました。そしてそのパワーは世の中に広がっているでしょう。

それを続けていくと、私の影響を受けた人のうちの誰かが大きな奇跡的な事を成し遂げてくれるかもしれません。

もちろん私自身が何か大きな奇跡的な事を成し遂げる可能性も残っています。先のことはわかりません。思ったとおりの奇跡は起こらない。今の私にぴったり合った想像を超えた奇跡が訪れるかもしれません。

そして・・それはこれを読んでいるあなたにも当てはまることで、あなたにも今のあなたにぴったり合った想像を超えた奇跡が訪れるかもしれないし、いつか、あなたも何かを成し遂げることができるかもしれません。

本当は、すべての人が尊くて素晴らしい。本当は『すべての人が幸せの奇跡を起こせる』と私は思います。

最後に、私からあなたにこの詩を贈ります。

『あなたの中の最良のものを』

人は不合理、非論理、利己的です
気にすることなく、人を愛しなさい
あなたが善を行うと、

利己的な目的でそれをしたと言われるでしょう
気にすることなく、善を行いなさい

目的を達しようとするとき
邪魔立てする人に出会うでしょう
気にすることなく、やり遂げなさい

善い行いをしても、
おそらく次の日には忘れられるでしょう
気にすることなく、し続けなさい

あなたの正直さと誠実さとが、あなたを傷つけるでしょう
気にすることなく、正直で誠実であり続けなさい

あなたが作り上げたものが、壊されるでしょう
気にすることなく、作り続けなさい

助けた相手から、恩知らずの仕打ちを受けるでしょう

気にすることなく、助け続けなさい
あなたの中の最良のものを、この世界に与えなさい
たとえそれが十分でなくても
気にすることなく、最良のものをこの世界に与え続けなさい
最後に振り返ると、あなたにもわかるはず、
結局は、全てあなたと内なる神との間のことなのです
あなたと他の人の間のことであったことは、一度もなかったのです

～マザー・テレサ

（終わり）

あとがき

この本のあとがきを書いている時に、元夫の陸上の弟子にあたるエム君と、偶然ＳＮＳで繋がりました。約30年ぶりです。私は彼に離婚の真相を話しました。彼は驚きましたが、最後にこう仰いました。以下は彼の言葉です。

『監督（元夫の事）には、本当にお世話になりました。「勝負哲学、レースに勝つための方程式」的な事柄は、監督に徹底的に叩きこまれました。

それが現在までの僕のベースになっているのは、言うまでもありません。

また実業団で戦うには「タイムだよ、記録だよ結果だよ、それが全てなんだよ、それが出せなかったら・・・辞めるか、切られるしかないんだよ！　だから今頑張れ！」といつも言われておりました。お陰さまで、監督の指導のもと、大変充実した「実業団生活」を送れた事は今までの人生の「財産」でもあります。

今日、僕は監督と芙由美さんの離婚に至る真相を伺い衝撃を受けました。でも、だからといって監督に対する僕の見方が変わることはありません。永遠に僕は監督を尊敬し指導してもらったことを感謝し続けます。

私生活と競技者としての顔は別です。・・・とにかく自分は監督にも芙由美さんにも、お世話になったというのは間違いないので、フラットに今後もご縁を大切にさせてもらえればと思います。』・・と。

元夫は悪人でしたが、マラソンにかける情熱は純粋でした。そしてエム君には、己の『善』の部分を見せていました。

どんな人でも、必ず『善』の部分と『悪の』の部分があります。

元夫が『善』の部分で人に接していればエム君みたいに感謝し支持してくれる人は必ず残るはずです。

私は彼が生き方を改め、自分の使命を果たすことを期待したいです。

もうひとつ私が期待していることがあります。この本をきっかけに読者さん（20代30代女性を想像しています）が、人生を思う存分自由に、そしてたくましく生きてくれたらいいなと思います。

第3の人生で私はやっと自分の道を見つけました。でも見つけたのが遅くて、もうアラ還になっちゃいました。ここに行きつくまで本当に過酷すぎて、『人生を謳歌した』とは到底言えない年月でした。

私と同じ体験をもう誰にも味わってほしくないです。

ひょっとしてこんなヘビーな本を手に取るあなたは辛い泥沼にいるのでしょうか。でも、この本を読み、あなたは必要なマインドを手に入れました。そしてアサーティブな言葉を身につければ、きっと泥沼から抜けられるよ！　あなたはまだ若い。若くて健康ならまだ間に合います。

早く自分の道を見つけてください。諦めないで！　負けないで！　あなたは幸せになる為に生まれてきたのだから。

最後になりますが、アメージング出版の千葉様、そして私を温かく導いてくださった沢山の方々、現在の家族、私の両親と弟に感謝致します。本当に有難うございました。

主な参考文献

・大人の発達障害ナビ　https://www.otona-hattatsu-navi.jp/know/words/#med_dis03_11
・障害者.com　https://shohgaisha.com/column/grown_up_detail?id=761
・自己愛性人格障害の末路、行く末 - 男性 - トラウマケア専門こころのえ相談室（kokoro-ashiya.com）

＜著者プロフィール＞

フーミン

1965年静岡県生まれ。毒親育ち。22歳：結婚→DVモラハラ・不妊治療体験。32 歳：全財産を奪われ離婚。離婚後：元夫から恐喝される。ヘタレな自分を、反省し自己改造を行ったところ、数々の奇跡が起こる。近年は分譲マンションの管理人として平凡に過ごしていたが、2022 年、縁の切れたはずの元夫から再び電話がきたことにショックを受け本の出版を決意する。

【まとめサイト】
https://lit.link/fuyumi223

【インスタ】
DVモラハラ啓蒙アカウント→@kira_life_e
活動記録アカウント→ @fuyumi223

【ＬＩＮＥ】
イベントお知らせ案内
lin.ee/AODRm99

さらば！ DVモラハラ王子
〜実体験から学んだ幸せになるための心得〜

2024年1月19日 初版発行

著者 フーミン
発行者 千葉慎也
発行所 合同会社 AmazingAdventure
（東京本社） 東京都中央区日本橋3−2−14
新槇町ビル別館第一 2階
（発行所） 三重県四日市市あかつき台1−2−208
電話 050−3575−2199
E-mail info@amazing-adventure.net
発売元 星雲社（共同出版社・流通責任出版社）
〒112-0005 東京都文京区水道1-3-30
電話 03-3868-3275
印刷・製本 シナノ書籍印刷

ISBN978−4−434−33385−9 C0095